岩 波 文 庫

31-234-1

# 遠藤周作短篇集

山根道公編



岩 波 書 店

# 目次

# 遠藤周作短篇集

# 船を見に行こう

「船を見に行こう」

と父親は子供に言った。髪をながくして首にうすよごれた包帯をまいた子供は少し怯《おび》えたように黒い眼《め》を見ひらいて父親を見あげた。もう何十日も彼は父親からそんな言葉をかけてもらっていなかった。

「どうした。港に船を見に行きたくないのか」

ともう一度、父親は言った。

そして父親と子供とは久しぶりに家を出た。家を出る時、子供は袖口のすり切れたオーバーに手を入れて母親の顔色をそっと窺《うかが》った。部屋のなかは暗くその暗い部屋のなかで母親は黙ったまま化石のように坐っていた。

春さきの空は曇っている。つむじ風がまきあげる街の埃《ほこり》のために空まで白っぽかった。

街にでた二人のまわりに、やはり日曜日の午後をたのしむ家族たちが連なって歩いていた。光った大きな車でレストランに乗りつけてくる家族もあった。そうでない親子もそれぞれデパートのショーウインドーを覗《のぞ》きこみ飲食店の扉のなかに消えていく。父親はそれら家族づれのなかに自分の子供と同じ年頃の男の子や女の子を見つけた。

彼の子供はその男の子や女の子をぼんやりとした眼でみつめていた。

(こいつは今、母親のことを考えているんだな)

父親はすぐ気がついた。

(そして自分だけが他の子供たちのようになぜ母親と一緒に街を歩けないかと思っているのだろう)

しかし彼は、このことを息子に言わなかった。

彼と妻とはこの一年の間、どうしても、うまくいかなかったのである。そして昨日、今日、夫婦は行きつく所まで行ってしまったようだった。昨夜もおそくまで彼等は別れることを真剣に話しあった。真剣に話しあったと言っても妻はそうした毎夜のいさかいの時のように、声をあげて泣いた。そんな時、彼はその泪《なみだ》でチリ紙のようにまだらになった妻の醜い顔に心を動かされないため、腕ぐみをしたまま横を向かねばならなかった。

「あたしの何処《どこ》が悪いんです。あたしの……」

眉を震わせながら妻にそう詰められても彼はどう返事をすることもできなかった。別れ話を持ちだしたのは彼である。しかし妻がそれをそのままのみこむ筈《はず》はない。妻はそうした別れ話の背後に女が糸を操っているのではないかと心底から疑っていた。彼はこの問題と女とは全く関係がないこと、そして女のいるいないに拘《かかわ》らず、自分はもう結婚生活を続けることはできないと幾度も繰りかえして説明した。説明したが彼自身にもよくつかめぬこの気持を妻に理解さすのはあまりに困難だった。

言い争いが終って、終ってと言うよりは二人とも疲れ果てて夫婦が茶の間から引きあげ、子供のねている小さな部屋を足音を忍ばせて通りすぎると、子供は布団を頭からかぶり海老《えび》のように体をまげ耳に指を入れて眠っていた。いや眠っているふりをしていたのかもしれなかった。父親の声や、母親のすすり泣きが耳に届くと、彼は毎夜毎夜それを聞くまいとして布団を頭からかぶった。それでも母親の嗚咽《おえつ》の声は埃くさい木綿の布団を通して途切れ途切れに伝わってきた。子供は耳の穴に指を入れて息をこらした。

「きっとあたしたちの話聞いてたのよ。この子は。可哀相に……」

母親は布団をあげて眠っている子供をみおろすと泪をふきながら言った。

その時の子供の寝姿が今、街を歩いている父親の心にはっきりと浮んだ。彼は眼にゴミでもはいったように眼《ま》ばたきをしながらその影像を追い払った。

「おい、お前なにか欲しくないか、本を買ってやろうか」

子供はさきほどと同じように怯えた顔で父親の顔色をみた、その首に巻いた包帯が灰色にうす汚れていた。この子は小さい時から腺病質《せんびょうしつ》だった。

「キンダーブックがお前、ほしいと言っていたね。どうしたんだ。もういらないのか」

子供は急にさきほど家を出る時、暗い部屋のなかで化石のようにうなだれて坐っていた母親の姿を思いだして、

「ぼくは……読んだ。学校でともだちに借りたから」

彼は父親を見ないようにうつむいて小さな声で答えた。父親は自分を拒んだこの子の小さな肩をみるとなぜかその背後に何かがあるような気がしてかすかな憎しみさえ感じた。

「そうか」

それから彼等はしばらくの間、まるで仲たがいをした二人の男のように、黙って、少し離れて、歩いた。

街角でつむじ風がまた、くるくると小さな竜巻をつくり広告のちらし紙や藁屑《わらくず》を白い空に巻きあげる。

（どのように、この子に俺たちの別れ話を話したらいいだろう）

港がちかくなったのか、海の匂いと塩の香がどことなく漂ってきて、そのまわりには郵便局や船会社の標識のついた建物や倉庫が建っている広場まで来た時、父親はもう一度、心の中で先程から気にかかっているこの質問をくりかえした。

本当を言えば彼は子供にそのことを話すために今日、港に行こうと誘ったのである。しかしいざ子供と二人きりになると彼は言葉を失った。自分をみあげるこの小さな怯えたような顔が彼の口をかえって強張《こわば》らせた。

「あなたは子供が可愛くないのね。そうよ。子供が可愛ければ、いくら何だってこんな話をまともに口には出せない筈よ」

昨夜妻が子供に布団をかぶせながら、ふと呟《つぶや》いた言葉が今、彼の胸のどこかに鋭い針のようにひっかかっていた。

子供が生れた時のことを彼はまだ一つ一つはっきりと憶《おぼ》えている。冬のおわり妻から身ごもったと打ちあけられた時、彼はまるでそれを自分のことではないように聞いた。嬉しいことは嬉しいが何処かまだ見たこともない町の風景を漠然と想像でもしているように父親になるのだという実感がこみあげてこないのである。

そのうち、春がきて、夏がきた。妻は息ぐるしそうに両手を膨らんだお腹《なか》にあててじっと部屋のなかに坐っていた。その頃になると妻のお腹が毎週、毎週、少しずつ大きくなるのが明らかにわかる。彼は妻がそうやってまだ生れぬ子供にたいする愛情を一歩、一歩、やしなっているような気がした。にも拘らず彼のほうはまだ八カ月前と同じように自分もやがて父親になるという気分が肉体に結びついてこないのが哀しかった。

そんな時彼は莨《たばこ》をふかしながら自分のなかに男と夫と父親という三つの分身を分けて考えてみる。この三つのうちどれが本当の俺なのかとぼんやり考えるのである。そして彼は俺は夫や父親である前に、いつまでも男そのものなのではないのかしらん、夫や父親になる俺と、男そのものの俺との間に縮められぬ距離があるのではないかしらんと言う気さえした。それはなにかおそろしいほど不安な気持だった。

爽やかな秋の日が訪れて妻はコスモスがその庭に咲いている小さな産院に入院した。赤ん坊を初めてみた時、彼は眼をしばたたいて途方にくれた。この小さな肉のかたまりと自分との結びつきがよくわからなかった。やがて妻にだかれて赤ん坊が家に戻り、陽《ひ》のよくあたる縁側の籠のなかに入れられた。赤ん坊はよくオデキをこしらえ、よく病気をした。

十カ月ほどたった時のある日、彼は赤ん坊が彼をみて頰に笑いをうかべ両手をさしのべてきた時、はじめて父親らしい感情を自分にもつことができた。それ以後、彼はやっと息子を子供として愛情を感じることができるようになった。

港はもう眼の前にひろがっていた。建物と建物、倉庫と倉庫との間から黄色くペンキを塗った外国船のマストや煙突がのぞいている。その向うに青黒い海がみえ、海にも吃《きっ》水線《すいせん》のところに赤い腹部をみせたタンカーが浮んでいた。

「さあ、海だ。匂いがするだろう」

と彼は子供をふりむいて、少し促すような声で言った。

「疲れたのか」

子供は指をうすよごれた包帯のなかに入れて小さな咳《せき》をした。額にかぶさった髪の下で彼は汗をかいていた。

「ぼくは咽喉《のど》が乾いた」

と子供は小さな声で言った。なぜこの子供は父親である自分に遠慮したような小さな声をだすのだろう。

「港にいけば、ジュースを売っているだろう」

彼はポケットに手を入れて皺《しわ》くちゃになった百円札を出すと子供に渡して、

「走っていって買っておいで」

「お父さんは」

「お父さんは飲まん」

「それじゃあ、ぼく、こんなにいらない」

子供は手に握ったお金を彼に戻そうとした。父親はその子供の仕草に寂しさとも悲しみともつかぬものを感じた。むかしはこいつは決してこんなことをしなかった。むしろこんな時、俺に叱られても渡したお金だけ飲みもしないジュースまで幾本も買いこんできたのだ。それが子供というものだ。

「じゃ……余ったのは……」

父親はそこで思いきってさっきから自分と子供との間にタブーとなってしまった言葉を口にだした。

「母さんに持ってかえろう」

突然子供は眼を伏せた。それからそっと父親を疑わしそうに眺めると、黙って背を向けたまま歩きだした。四、五歩、歩いて今度は痩せた脚を不器用にうごかして走った。この子は運動会ではいつもビリっ子だったから彼や母親が見物にくるのを、とても嫌がるのだった。

(ああ、あいつはみんな、知っている)

その不恰好な走り姿を見送りながら父親はそう感じた。

重油の浮いた波が細かい音をたてて岸壁にぶつかってくる。その岸壁に横づけになった七、八千トンほどの外国貨物船の甲板には紺色の作業服をきた赤ら顔の下級船員たちが腕まくりをしながら下をみおろしていた。

彼等は真下のちょうど大きな木箱をつんだトラックが着いたばかりで日本人の人夫がクレーンにつなぐ鎖をその箱に縛りつけるのを眺めていたのである。

蒼《あお》い海に幾隻もの船が停泊している。そのほとんどが長い航海に船腹の黒いペンキも剝《は》げ、丸窓のまわりに褐色の汚水の跡がつき、船首がひどく錆《さ》びていた。

「あれはタンカーだな。油をつんで補給をしてまわる船だ」

父親は自分から少し遠ざかった地点にしゃがんでいる子供に教えた。子供は半分ほど飲んだジュースの瓶と蓋をしめた二本の瓶とを両膝の間にかかえこんで黙っていた。

父親は次に言わねばならぬ言葉を探したが、今になるとかえって彼はどのように話をしてよいのかわからなくなるのである。

「父さんは中学生の時、船乗りになりたいとよく思ったね」

本当にそうだった。もし中学のころ肋膜《ろくまく》をやらなかったならば商船学校を受けていただろう。彼はその頃から自分の家が嫌いだった。年とった母や姉たちとの毎日の生活が嫌だった。そこからぬけ出て、風の吹きぬける海に何処までも漕《こ》ぎだしたかったのである。

早くから父をなくして年とった母と十幾つもちがう姉との手に育てられた彼は阪神の六甲で小さな家に住んでいた。一度、片付いて離婚されて戻った姉はなににによらず彼の生活に口を出す。母親も彼女もただ一人の男手である彼を無難な手堅い職業につかせることしか考えていなかった。

自分の家の窓からみえる海とその海にうかぶ船をじっと見るようになったのはそのころからだった。彼は母のおもい情愛をおそれ、姉のおもい情愛をおそれ一刻も早くこの荷物を捨てたいと思ったのである。

その頃と同じような欲望がやがて彼をふたたび苦しめるとは思っていなかった。母親や姉の言いつけ通りに神戸の高等商業に入った彼は海に出るという少年の日の夢を殺してしまったからである。

しかしその時の彼は海とはなにも彼と息子との眼の前に拡がっている、春さきの午後の、すこしもの哀しい空の下で、ながい航海につかれ果てた船体をうかべたこの水の拡がりのことだけではないと気づいていなかった。海にぬけ出ることは白い甲板にもたれ、風を胸いっぱい吸いこむことだけではないと考えてはいなかった。

「変なものだな。子供の時、海の好きな男は大人になっても、港にいくとたのしい」彼はこの男という言葉に殊更に力を入れて子供に言いきかせた。おそらく子供は今、父親がなぜ、この言葉に哀しいほど力を入れて発音したのかがわからないだろう。わからなくても仕方がないと父親は思う。いつかお前も女房をめとり、子供でもできた時、この「男」という言葉をお前の父親がなぜ夕暮の港で呟いたかを知るだろう。

妻が身ごもっているころの暑くるしい夏の日から彼は少しずつそんなことを考えるようになったのだ。しかしそれに初めて気がついたのは新婚の夜の時だった。彼と妻とは障子をあけると冷たい渓流のせせらぎがきこえ、河鹿《かじか》の鳴いている山の宿屋に泊った。彼としては房州のあらあらしい海鳴りのひびく田舎に行きたかったのだが、妻がまだ箱根をみたことがないと言ったためにこの場所を選んだのだった。

その時椅子に腰かけた彼は莨をふかしながら妻が自分たちの脱ぎすてた衣服をたたんでいる姿をもの珍しそうに眺めていた。すこしうつ向いて妻は白い指で彼の洋服をつまみ、そのズボンの足と足とを丁寧に合わせている。

突然、彼は奇妙な感覚に捉《とら》えられた。奇妙な感覚というのは今、自分の眼の前でそんなしなやかな仕草をしている女が昨日まで彼の知っている一人の娘とは全くちがう女性のような気がしたからである。

それはもう娘ではなかった。女が「妻」になった時の仕草だった。洋服のたたみかたも肩のまげようも、うつむき加減の姿勢も娘のやりかたや雰囲気ではなく、すべての妻が夫の前で知らずにやってみせるものなれた姿態だったのである。

驚きとも狼狽《ろうばい》ともつかぬものが彼の胸にこみあげてきた。昨日までは娘そのものだったこの女はいつ妻に変容したのだろう。まるで一瞬にして蛾《が》が蝶になるように変っている。だれがそうさせたのか。どうしてこう素早く転身できるのか。

この時、彼の妻は眩暈《めまい》したように自分をみつめている夫を微笑をふくんだ眼で見あげた。この眼差《まなざ》しさえも彼の知らぬものだった。それはいわゆる妻の眼差しだったからである。眼差しのなかには(ほら、あたしももう妻に変りました。あなたも当然、夫に変るべきですわ)という問いがこもっているように彼には思われた。

(自分はこんなにすぐ夫にはなれない。男というものは女のようにすぐ夫に変ることはできない。男は自分のなかの男を捨てて夫になるためには……)

もちろん、この事実をにがい薬でものむように嚙みしめたのはずっと後になってからである。そう……それはあの秋の日にコスモスの咲く産院で子供が生れた時だった。

岸壁にさしていた午後の陽ざしが少しずつうしろに引きはじめた。並んだ倉庫の影がさきほどより少し短くなっている。

大きな木箱をクレーンで甲板にあげる作業がやっと終ったのか、人夫を乗せたトラックが引きあげていった。

子供はジュースを持った手を口にあてて小さな咳をした。

「これが生れた時もそうだった」

子供が生れた直後、妻は担架車に乗せられて病室に入っていった。廊下で待っていた彼は怯えたような足どりで扉を押した。看護婦が妻に真赤な肉塊をさしのべていた。それが彼等夫婦の子供だった。

子供を受けとった妻の額にはまだ汗にぬれた髪の毛がついていた。顔色はひどく蒼ざめていた。なにか大きな運命と闘ったあとのような表情だった。それがやがて手にだいた赤ん坊に眼をほそめ、彼の見ている前で若い母の表情をつくったのである。彼女が妻から母にまた素早く転身していく様子を彼はまるで高速度撮影でとった映画のようにぼんやり眺めていた。

こうして妻は母親になった。もう動かなかった。彼のまわりのすべての生活がこの母親と子供とのために少しずつ組みたてられ築かれていく。彼は自分の妻というよりは子供の母親のなかにもう一度ずっと昔のように女を探そうとしたが、それはそのころから肥りだした彼女の体からはまるで厚い堅い土壌に覆われたように見つけることができなくなった。そして彼だけが夫でも父親でもない男の存在にくるしみだしたのである。

「ああ」

「どうした」

「船が出て行こうとしている」

はじめて子供がこちらをむいて先ほどより柔らかみのこもった眼で父親を眺めた。

本当にちょうどその時、防波堤にちかい海面に今まで碇泊《ていはく》していた小さな船が黒い煙を吐きながら静かに動きはじめていた。

海に出る。そのむかし中学生のころ、姉と母親との重荷を肩からふり棄てて海にいこうと夢みたように、彼は少しずつ妻の横であたらしい海のことを思いだしたのである。彼はもちろん自分が我儘《わがまま》な身勝手な男だと知っていた。知っていても自分のなかの男は海を求めてやまなかったからである。

そのことを今、この子供にどう話したらよいだろうか。お前は母とお前を捨てた父親を長い間憎むだろう。それもわかっている。

「寒くないか」

しかし今度も子供は母親のためにジュースの瓶をしっかり握ったまま黙っていた。父親は彼が今やっている行為がやがてこの子供の人生の上にふかい空洞をつくることに気がついていなかった。子供はいつか大きくなる。しかし彼は人間を信じる気持をこの父親のために喪《うしな》うだろう。その空洞をうずめるためにくるしい努力をせねばならぬだろう。

（一九六〇年一一月、「小説中央公論」）

# イヤな奴

## I

「おい、なんやね。駄目やないか」

急に声をかけられたのでびっくりして振りむくとムカデという渾名《あだな》のある主任が作業着のポケットに手を入れて背後にたっていた。

「見とられんと思うて仕事をさぼっても、こちらにはわかるんやで。こちらには」

「痛いんです。頭が」

江木は臆病な男だったから思わず出鱈目《でたらめ》の言い逃れを言ってしまったのである。ところが苦しそうに顔を歪《ゆが》めて手で額を拭うとふしぎに江木は頭痛があるような気がした。足にも力がなくなってヒョロヒョロとよろめいた。

二、三歩ぶらぶら通りすぎた主任はこちらをふりかえって疑わしそうに江木の動作をじっと見つめていたが、

「本当に熱があるんかい」と近寄ってきた。

「はあ」江木は溜息《ためいき》をついた。

「そんなら早う病気だと言わんかね」ポケットに手を入れたまま主任は不機嫌に眉をよせた。

「仕様ない学生やな。早引けを申告したまえ」

他の学生の目を逃れて工場の外に出た時、江木のやせこけた頰には狡《ずる》いうす笑いが浮んだ。八時間の勤労奉仕からうまく脱《のが》れた悦びや、あの主任を騙《だま》してやったという快感が強かったのでクラスの仲間にすまないという気はあまり起きなかった。むこうからモンペ姿の女子挺身《ていしん》隊員の娘たちが防空壕でも掘らされたのであろう、くたびれた足どりで畚《もっこ》やシャベルを引きずりながら歩いてくるのを見ても、江木は自分が卑怯者《ひきょうもの》だという気持にもならず、下宿のある信濃町に戻った。

江木の住んでいる下宿は基督《キリスト》教のある団体が信者の子弟のために作った寮だった。だが近頃は信者の学生も学徒出陣などで退寮するものも多くなったため、最近江木のような普通の学生も入寮させるようになったのである。もっとも寮といっても茶色いペンキ

をぬった二階の木造建で部屋数も十五、六しかなかった。

どうせ部屋に戻ってもすることはないし、他の寮生もまだ帰っていないと思ったから江木は久しぶりに外苑《がいえん》に出た。芝生に坐って冬のつむじ風が藁屑《わらくず》や古新聞を捲《ま》きあげながら動いているのを見ていた。それから肩にぶらさげた救命袋からアルミの弁当箱をとりだし、その隅に押しやられた一握りほどの飯を惜しそうにゆっくり食べた。

箸《はし》を動かしながら江木は自分の今後のことをボンヤリと考えた。戦争が今後どうなるのか江木には皆目わからない。日本が勝とうが負けようが彼には近頃興味がなかった。ひもじいこと、学生なのに工場で働かされる辛さだけが毎日のすべてであり、やがて先輩の学生たちのように兵営につれていかれる日のことが彼をビクビクさせていた。

冬の空は相変らず曇っていた。その空の遠くで飛行機の爆音なのか鈍い音がきこえていた。芝生のむこうの路を慶応病院の若い看護婦が二人、なにか笑いながら歩いてきた。江木は弁当箱をそこにおいて亀の子のように首を前につき出したまま、通りすぎていく看護婦の笑い声をむさぼるように聞いていた。すべてが息ぐるしい毎日の中で若い娘の笑い声やモンペではなく白い制服を着ている姿までが彼にはたまらなく新鮮にみえたのである。

「おい」突然江木は大声でだれかに呼びかけられた。汗のしみついた軍服の腕に憲兵と書いた腕章をまいて一人の下士官が自転車を手で支えながらたっていた。

「おい。何をしとる。学生か」

江木は相手の鋭い眼つきや骨ばった四角い面がまえに恐怖を感じて黙っていた。その頃は工場をさぼる徴用工や学生を憲兵が見つけて訊問《じんもん》しているという噂が、江木の働いている工場でもよく話題にのぼっていたからである。

「貴様返事をせんのか」と相手はゆっくりと言った。それから自転車を樹の幹にたてかけると腰にさげた剣を右手で握りながら江木に近づいてきた。

江木はかすれた声で工場から病気のため早引けをしたのだと答えた。ところが彼の怯《おび》えた様子はかえって相手を小馬鹿にしているように見えたのである。

「気分、わるう、なった、もんすから」

眼をそらしながら彼はおずおずと言った。

瞬間、江木は頰に鉄棒で打たれたほどの響きを感じて、大声をあげると手で顔を覆った。「なめるのか、貴様」

無法にも憲兵は江木の腰を蹴《け》ったので、怯えた看護婦たちがだき合うようにこちらを見ている前で江木はみじめに地面に両手をついたのである。皮靴が更に一、二度、彼の膝や足に烈《はげ》しくぶつかった。

「お許し下さい」江木は少しでも憲兵の怒りをとくため卑屈に軍隊用語を使った。「自分が悪くありました。お許し下さい」

皮靴が荒々しい音をたてて自転車が路の遠くに消え去ったあとも江木は地面に両手をついたままじっと動かなかった。殴られた時、地面に飛んだ眼鏡を眼でさがしたが、つるの曲った眼鏡は枯芝の中にころがっていた。この時初めて焼けつくような屈辱感が胸の底からこみあげてきた。看護婦たちはまだ立ち去らず、樹陰からこわそうにこちらを見ている。(早く向うに行ってくれよ)江木は心のなかで彼女たちにそう哀願した。(早く向うに行ってくれよ)

痛む足を曳《ひ》きずりながら寮に戻ると飯島というM大の学生が玄関でゲートルをぬいでいた。この飯島は江木と共に寮の中で基督教の信者でないもう一人の学生だった。江木は今、起った事件を口に出しかけたが相手に軽蔑されたくないので黙っていた。

「腹がすいてやりきれんなあ」教練をすませてきたという飯島は足をもみもみ、「このアーメン寮じゃ飯さえケチケチしてやがる」

「はあ」と江木は弱々しく頷《うなず》いた。

「お前、御殿場に行くんか」

「御殿場ですか。なんのためです」

「知らんのか」空手の選手だという飯島は腕を曲げながら言った。「愛生園とかいう癩《らい》病院に来週行くんだぜ。この寮の行事の一つだってよ。どうせ大園のようなアーメンの連中の思いついたことだろうがアーメンでもない俺たちまでが加わる必要がどこにあるんだね」

飯島を玄関に残して部屋に戻ると万年床に横になった。さきほど蹴られた膝が痛みはじめた。そっとズボンをあげると、皮がかなりむけて血がにじんでいた。その傷をみていると自分と同年輩ほどの憲兵が全く無法に暴力をふるったことに江木はにえくりかえるような怒りを覚えた。なぜ殴りかえさなかったんだろう。なぜ反抗をしなかったんだろう。けれども江木は暴力や、肉体の恐怖の前にはなにもかも挫《くじ》けてしまう意気地ない男だと知っていた。（ああいうもんは一種の天災だからなあ）彼は弱々しく自分に呟《つぶや》いた。（反抗するだけ、こっちが損をするだけだ）

夕暮までうとうと眠った。時々眼をうすく開くと窓の外が夕靄《ゆうもや》のなかに灰色に沈んでいく。部屋の中は寒く、膝の傷が痛んだ。壁ごしに隣室の大園が机を動かしているコトコトという音がわびしく聞える。大園はこの寮では一番ふるい信者の学生だった。なぜか三日に一度は机を変えずにはいられない顔色の蒼白《あおじろ》い神経質な東大生である。

夕食の頃、眼がさめた。痛む膝を我慢しながら食堂におりると、スープ皿に僅かにもった飯を寮生たちが黙って食っている。そして大園一人が直立して日本殉教者伝をみなの前で朗読していた。基督教のこの寮では設立者の命令で毎晩の食事の時、祈りを唱え、当番の学生がなにか宗教書の一節を朗読することになっている。

江木はみなと同じように不機嫌な表情をして箸を動かした。この頃は一日中の教練や工場での勤労奉仕で疲れきって寮生は食事の時もほとんど話などする元気も気力もない。

「ドドイ責めは手と足とを縄でくくって背中の一点でくくり合わせ、天井にぶらさげて役人が鞭《むち》でうつ拷問である」大園が声をふるわせて読んでいるのは明治のはじめに広島県で殉教したきりしたん信者の物語らしかった。

だがだれもそんな話に興味を持つものはいなかった。信者でない学生はもちろん、信者の学生もただ義務だけで耳をかたむけているふりをしているだけだった。

「こうしたドドイ責めにあっても甚右衛門や茂平をはじめとして中野郷のきりしたんは誰一人として転ぶと言わなかった。サンタ・マリアの祈りを合唱しながら彼等はこの苦痛を与えたもうことをかえって神に感謝したのだった」

ここでパタンと大きな音をたてて大園は本を閉じた。そして形だけは敬虔《けいけん》に十字をきるとスープ皿の中にいそいで鼻をつっこんで、大豆米をたべはじめた。その大園の縁のない眼鏡をかけた神経質な顔をそっと窺《うかが》いながら江木はこの男が本気でこんな本を朗読していたのかしらんと考えた。(出鱈目ばかり書いてやがる)と隣席の飯島が呟いた。江木は流石《さすが》にそうは思わなかったが大園が朗読する殉教者伝がどれもこれも暴力にも拷問にも屈服しない人々の話ばかりであることは確かだった。江木は突然、今日の午後、頬にうけた一撃、地面に四つ這《よ》いになって哀願した自分、枯芝にとんだ眼鏡のことが苦々しく心に甦《よみがえ》った。自分が肉体の恐怖にあまりに弱い人間であることが情けなかった。

「お前なんぞ幸いにもきりしたんの家に生れなくってよかったよ。一発くらっただけで神様なんぞ裏切ったにちがいねえからな」飯島が冗談半分に大声で江木にそう言ったが誰も笑うものはなかった。江木も江木で今日の自分の醜態を考え、別の意味で思わず顔を強張《こわば》らした。

その夜おそく故郷から送ってきたスルメを江木は電熱器にかけてはしゃぶった。電熱器を使うとヒューズが切れるので寮では禁止していたのだが彼はいざという場合のため戸棚の中にかくしているのである。スルメの香ばしい匂いが外に洩れると、同じようにひもじい他の寮生が嗅《か》ぎつけるから、一枚焼くたびに彼は窓を半分あけて空気を入れかえた。

壁ごしに大園が部屋を出る気配がする。戸が軋《きし》み、バタンと音をたててしまった。

（便所にでも行くんだろう）

そう思ったので万年床に寝ころんでゆっくりと口中のスルメの味を楽しんでいたのが不覚だった。大園は縁なし眼鏡をキラリとさせてその蒼白い顔を扉からさし入れ部屋の匂いに気がつくと眼を光らせて江木をじっと見つめた。

「スルメですが」気の弱い江木はその視線に耐えられず卑屈な声をだして、「故郷《くに》から送ってきましてね」

黙ったまま大園は一きれのスルメを血色のわるい薄い唇の間に押しこんだ。

「うん。来週の日曜、寮生は御殿場の愛生園に慰問に行くんやけど、その費用は往復五円やから前もって知らせよう、と思うてね」大園は電熱器にまだ残っているスルメの足の塊にじっと眼を落しながら「君は新しい寮生やさかい初めてやろうけど、この慰問はこの寮で毎年やることなんや」

大園の説明によると癩病院の愛生園はこの寮を設立した基督教団体の同じ経営になるものだった。そんなわけで毎年一度、ここの寮生が御殿場の病院に慰問をするのが習わしだと言うのである。

「君は信者やないけんど、信者であるなしにかかわらず寮生である以上、こういう行事には加わってくれると思うてんやけど」

「行かない人、――誰ぞいるんですか」

「飯島の奴が――いや飯島君が始めは渋っとったけど舎監に通告する言うたら、承知したよ」

大園が部屋を去ったあと、江木は真実困ったことになったと思った。あの病気については何も知らないが、子供の時から漠然とした恐怖を持っていたからである。彼の故郷では時々、指の曲った乞食が細い声をだして物乞いにくることがある。そんな時、祖母はまだ幼かった彼をあわてて押入れの中にかくしたものであった。そしてまた中学時代、彼はこの病気に一時はげしい強迫観念をもったこともあった。それは大人の読む娯楽雑誌に不気味な骸骨の絵と癩の徴候という幾カ条の症状をかいた広告を読んだためだった。

（体に傷口があるとあれは伝染するというが）

ズボンをそっとまくし上げるとさっき布で縛った膝の傷は熱を帯びて腫《は》れはじめていた。

（こんな傷があるからと言って断ろうかしらん）と江木は考えた。しかし一方彼は大園や信者の学生たちから利己主義者だといわれるのもイヤだったのである。（行くとしても出来るだけ患者に近づかんこった）

そう心の中で呟いた時、流石に江木は自分がうす穢《ぎたな》い人間だと思わざるをえなかった。

病院まで見舞いにいき、そこの患者を嫌悪感から避けようとする――そんな行為がどんなに卑劣なものかは江木も重々知っていたが、彼にはまず伝染をおそれる気持や肉体的な恐怖の方がどうしても先にたつのである。

## Ⅱ

日曜日の朝、江木たち寮生は東京駅から御殿場に行く汽車に乗った。三十分ほど前に駅についたのだが汽車の中はもう足のふみ場もないほど満員だった。リュックを膝の上においた国民服姿の男やモンペをはいて風呂敷包みをもった買出しの主婦たちがぎっしり客席と客席との間の通路に新聞紙を敷いて坐っていた。

プラットホームには弱々しい声で軍歌を歌うまばらな円陣がポツン、ポツンと一組、二組みえたが汽車の連中もホームを走る者も近頃はふりむきもしない。江木たち寮生だけが客車の入口にたってぼんやりそんな出征風景を眺めた。彼等はやがて自分たちも円陣にとりかこまれて顔を強張らしながらあのように送られるのだなとぼんやり考えていたのだった。そしてお互いそんな表情に気がつくと思わず視線を横にそらすのだった。

寮を出て東京駅にくる間も、また発車をまつこの汽車の中でも信者の学生たちとそうでない飯島と江木との二つのグループにわかれてしまった。露骨にこの一日の慰問旅行にたいする不満を顔に出す飯島を時々ふりかえりながら信者の学生たちはなにかを小声でひそひそと話している。

「ちぇっ、大園がまたイヤらしいことをしやがる」

客車の入口の階段にしゃがみながら飯島は声をあげて唾をはいた。体をのりだして江木がホームを見ると大園は応召する人をかこむ円陣の中に加わって手拍子をうちながら軍歌を歌ってやっていた。いかにも偽善的なその身ぶりをみると江木も大園が気障《きざ》だと思わざるをえなかった。

寿司づめの列車がのろのろと動きだした時、飯島はまた走りすぎていく線路に唾を吐きながら、かたわらに来た大園に、

「円陣つくって送られて、ノコノコ戻りゃ男もさがる。ああ、大園さん」と歌うように言った。これは先年、学徒出陣の時、盛大に見送られながら即日帰郷で寮に戻った大園にたいする皮肉である。大園は神経質な顔を赤くして黙った。

便所のドアに凭《もた》れながら江木は江木でやがて自分もああいう風に送られる日のくることを想像していた。兵営の生活が始まる。内務班の暗い部屋で毎日なぐられる。肉体がうけるそんな苦痛を思うと江木は胸が重くなるのだった。一週間前、外苑の芝生で「悪

くありました。お許しください」と四つ這いになった自分の姿や意気地ない言葉がふたたび心に甦ってくる。俺は兵隊にいけば必ずあんな格好をするにちがいない。撲《ぶ》たれるのがコワさに自尊心を平気で捨ててしまうにちがいない。俺はそんな人間なんだ。

列車の振動に身を任せながら江木はぼんやり考えた。(俺には心より体の苦痛の方がもっとコタえるんだからな。そのために自尊心も信念も裏切ってしまうんだ)

三時間後に汽車はやっと御殿場についた。空は暗く曇っていた。汽車をおりると既に連絡があったのか、改札口には白衣を着た中年の男が微笑を顔につくりながらたっていた。

「よくいらっしゃいました」その男は愛想よく寮生に頭をさげた。彼は愛生園の事務員だった。「患者たちはもう一月前から今日のことを楽しみにしてましてな」

駅前の広場には人影がなかった。むかしは土産物を売っていたらしい店も戸を半ば閉じて静まりかえっていた。一台の古い木炭バスが一同を待っている。まるでボロ布のようにつぎだらけのバスなのだと事務員は説明した。なるほど車内にはいると消毒液の臭いがぷんと鼻についた。

この消毒液の臭いをかいだ時すっかり忘れていた不安と恐怖とが急に江木の胸にこみあげてきた。ひょっとするとこの座席に今まで幾人かの患者が乗ったのかもしれない。

江木はあわててズボンの上から膝をそっと押えてみた。バスが車体をゆさぶりながら動き出し、ガタガタと町を通りぬけて松並木の街道を白い埃《ほこり》をあげて走りだすにつれ、汽車の中ではほとんど感じなかった傷の痛みまでが彼の頭にひっかかってくる。今朝出がけに調べた時、傷口にはうすい白い皮がやっと覆いはじめていたがまだすっかり良くなってはいない。愛生園での今日一日の間に菌がつかぬとも限らぬのだ。そう思うと彼はこわそうにひびのはいった皮の椅子や埃の溜った窓を怯えた眼つきで眺めまわした。

大園が座席と座席との間にたって信者の学生たちに聖歌を歌おうと提案した。そして深刻な顔をして彼は指を額まであげると、

「一、二、三」と声をかけた。

来たれ信徒よ　喜びの凱旋《がいせん》をもて
来たれや来たれ　ベトレヘムに
みよ群を離して　いやしき産屋に
呼ばれし牧者等　いそぎて来たる

「ふん。いい気なもんだて」

背後の席で飯島が吐き出すように呟いた。

「飯島さん、大丈夫でしょうか」

うしろをふりかえって江木は小声で言った。

「なんじゃい」

「伝染せんでしょうか」

「俺あ知らんね」飯島は顔をそむけた。

「大体、俺はこの寮の慈善趣味が気にくわねえよ」

飯島のようにハッキリ割りきれればどんなにいいだろう。埃で白く汚れた窓から通りすぎていく農家や畠《はたけ》を江木はうつろな眼で眺めた。

(この傷さえなければ俺だってもっと素直な気持で病院に行けたろうにな)

彼は愛生園の患者たちを怖れる自分を賤《いや》しいと思わざるをえなかった。それは一週間前、憲兵に殴られて、「悪くありました。お許し下さい」と怯えて哀願した時と同じように肉体の恐怖から心を裏切る卑劣な自分である。大園の態度がいくら気障で偽善的でも、自分にはできない強さがあるように江木にはみえる。彼には飯島のように信者の学生を軽蔑することはできなかった。

バスはやがて林の間をゆっくりと通りぬけた。空は曇っていたが午後の弱い光がその林の幹を銀色に光らせている。この辺にはもう人家はない。愛生園は普通の部落からも隔離された場所に建てられているのである。

屋根の赤い木造の建物がその樹立のむこうにあらわれた。建物の玄関の前には白衣を着た男が二人こちらに手を振っていた。

「着きましたよ」運転手の横に坐っていた事務員がふりむいて声をかけた。こうして寮生はやっと愛生園に着いたのである。

バスをおりた時、江木は患者がその辺を歩いているのではないかと、怯えた眼であたりをみまわした。しかしそれらしい影は冬の弱々しい光のあたった建物の周りには見当らなかった。

江木は本能的に飯島のそばに近寄ろうとした。飯島のそばにいる方が、信者の学生のグループにまじるよりはまだ彼の怯懦《きょうだ》な心に言い逃れと弁解とを与えてくれそうな気がしたからである。けれども飯島は古外套のポケットに手を入れて、唾を地面にとばしながら江木から離れていった。

屋根の赤い建物はこの愛生園の事務所だった。その事務所の応接間で江木たちは皿に山のように盛ったふかし藷《いも》と番茶の接待をうけた。そのふかし藷を寮生たちは犬のようにガツガツと食った。

「院長が今日は生憎《あいにく》、静岡にまいりまして」背広の老人が笑いながら部屋にはいってきた。「私は事務におります佐藤ですが今日は御苦労さんでございました」

それからこの小肥りの老人は患者が一カ月前からこの慰問を首を長くして待っていたのだと欠けた歯をみせながらニコニコと説明した。

「このお諧さんも患者が自分の食料の一つずつを皆さんのためにとっておいたもんでしてな」

そう言われると流石に寮生も口を動かすのをやめてシュンと黙りこんでしまった。

「連中はもう、講堂で半時間前から待っとりますよ。よほど、あんた等のなさることを楽しみにしとるんでな。ところで講堂にいかれる前、消毒をされますか。伝染はせんと思うがまあ一応の気休めにはなりますからな」

その言葉に江木と二、三人の学生が椅子からあわててたち上ろうとした時、大園が憤然としてたしなめた。

「患者さんの好意を考えたら消毒なぞするもんやないよ」

「まあまあ」老人は大園の興奮に少し驚いたようだった。「もっとも消毒もあんまり効果がないものですが」

少し白けた沈黙が流れた。江木はズボンの膝と皿のふかし諧とを当惑した眼で見つめてそれからそっと顔をあげて飯島をさがした。その飯島は腕をくんでムッとしたまま天井を見あげていた。

「ではそろそろ参りますか」老人が困ったように言った。

老人と若い看護婦につれられて寮生は中庭を横切り病舎の方に歩いた。今にも雨がふりそうに空は曇っていた。病舎は古い兵営のようなペンキの剝《は》げた長細い三棟の木造建物である。その病舎の隣に運動場なのであろう、広いグラウンドがあり、そして更にそのむこうに軽症患者たちが耕作する赤土の畠が古綿色の雲の下にひろがっていた。

すべてが江木には暗い憂鬱な風景にみえた。ハンセン氏病の患者たちは一生の間この狭い土地から外に出られないのである。肉親からも世間からも見離されてここで死ぬ以外に方法はないのである。そう思うとさすがに江木は憐憫《れんびん》とも悲しみともつかぬものに胸がしめつけられた。だがその時肩にかけたレインコートが病舎の壁にふれたのに気がついて、江木はあわてて体をずらしたのである。

講堂というのは、百畳敷ほどの畳の広間だった。粗末ながら舞台らしいものもあるらしい。佐藤老人はここで軽症患者たちが精神訓話をきいたり月一回の演芸会を催すのだと言った。

「先月はマグダレヤのマリアと基督の話を劇にしくみましてな」と老人はふりかえっ

た。「患者のなかには器用な連中がおりますからなあ。好評でしたよ」

「ぼくらそんな立派なもんお見せできんけど」大園は顔を紅潮させて大きく頷いた。「頑張ります」

けれど他の寮生たちは息をつめながら消毒薬の臭いのこもった楽屋口の階段を登った。楽屋口と広間との間には黒い幕がたらしてあるため、集まった患者たちの姿はみえなかった。が、咳《せき》をする者、鼻をかむ気配で江木は七、八十人の病人たちが坐っているのだなと思った。

不安がだんだん江木の胸をしめつけた。どうしたのか例の傷がここについてから余計に痛みはじめていた。既に菌がどこからか飛んできたのではないかと考えると彼は先ほど消毒をさせなかった大園が今更のように恨めしかった。

佐藤老人が舞台にたった時、まばらな拍手が楽屋にきこえてきた。黒いカーテンの小さな破れ目を覗《のぞ》いていた飯島は渋い顔をしながら江木を見つめていった。

「みろよ。ここから。うじゃうじゃいるぜ」その時佐藤老人がふたたびまばらな拍手に送られて楽屋に戻ってきて言った。

「さあ、あんたらお願いします」

いつの間に計画をねったのか、大園を先頭に信者の学生たちが五人ほどおどり上るように階段を登っていった。

今度は大きな拍手が起った。拍手が終ると大園が例の女のような声で「一、二、三」と合図するのがきこえた。

彼等が患者たちのため聖歌を合唱している間、信者でない学生たちは不機嫌におし黙っていた。大園たちに対抗するため、歌を歌おうにも一緒に合唱する歌も知らないのである。大園たち信者の連中が自分たちに何かを誇示し見せつけるために今日までひそかに練習をしていたことがやっとわかったのである。合唱の声がピタリとやむと、東大の文学部にいっている浜田という学生が独りで独逸《ドイツ》のリードを歌った。それから今度は大園が、

「みなさん詩を朗読させて下さい」

と興奮した声で叫んだ。

　　人の世はくるしみの路

と大園は震えた声をあげた。

いかなる試煉《ためし》に会おうとも
われ死のきわまで

「詩か。へん、詩かね」いまいましそうに飯島は楽屋の窓をあけて唾を吐いた。「患者が悦ぶもんかね」

江木はさきほどその飯島が覗いていた黒幕の破れ目におそるおそる眼をあてた。そしてここに来てはじめて彼の怖《おそ》れていた患者たちを見た。

広間は薄暗かったので患者の一人一人の顔は、はっきり区別できなかった。そして江木はここに集まっているのがほとんど年をとった中年の患者たちばかりだと最初考えたほどである。だが眼が馴れるにしたがってそれら頭が禿《は》げぬけあがった人々の中にメイセンの和服や白いエプロンの若い娘たちがいることに江木は気がついたのだ。彼女たちは両手を膝において首をうなだれながら耳を傾けていた。江木は更に後列をみた。その後列には担架が幾つか並べられ白い布を顔にまいた重症患者が仰むけになったまま、大園の詩をきいていた。

人の世は苦しみの路

いかなる試煉《ためし》に会おうとも
われ死のきわまで
この路を歩きつづけん

大園が朗読しているその詩が誰の詩なのか勿論《もちろん》、江木は知らなかった。そしてまた大園がなぜこんなくるしい詩を態々《わざわざ》えらんだのかもわからなかった。時々、隅で咳きこむ音がきこえるほか、会場の中はしんと静まりかえっていた。ながい詩がつづくにつれ髪のぬけた女たちの中には毛布やハンカチで眼を拭うものさえあった。

「飯島さん……」と江木は思わず言った。

「何かしましょうよぼくらも」

「俺たちがか」飯島は頬に嘲るような笑いをうかべた。そして楽屋から舞台の方を覗いている佐藤老人や他の学生にはみえぬように五本の指をわざと歪めた。「これになってもいいんかい」

するとふたたび白く皮をはった自分の膝の傷口が心に甦ってきた。彼は楽屋の戸をあけて外に走り出た。人影のない運動場と耕作地が雨雲の下で暗く陰気に押しだまっている。遠くから御殿場を通りすぎる汽車の音がかすかにきこえた。（お前はイヤな奴だ）

彼は自分にむかって思いきり大声で叫びたかった。(ああイヤな、イヤな、イヤな奴だ)

信者の寮生の演芸が終ったのはそれから三十分ほど後だった。江木は広間の患者たちが最後の一人まで引きあげる光景を中庭に面した窓からじっと眺めていた。はじめ女の患者たちが去っていく。それから男の患者だった。彼等の中にはびっこをひいたり、松葉杖をついたりする者も多かった。そして最後に重症患者たちが担架に寝たまま療友の軽症患者に運ばれていった。担架にのせられぬ者はその友だちの肩に背負われ消えていった。

佐藤老人につれられて応接室にふたたび戻った寮生たちはここで東京では滅多に手にいらぬ牛乳とジャムのついたパンをたべさせられた。そのパンを齧《かじ》りながら応接室の壁をみていた飯島は突然、

「野球なんかも、できるんですかい」と老人にたずねた。それはユニホームを着てバットを持った患者たちが二、三人の看護婦と並んで写っている額入りの写真を壁に見つけたからだった。

「やりますよ。軽症の連中だがね」老人は欠けた歯をみせて微笑した。「わしは野球は知らんが、なかなか強いようですな」

「大園さんよ」急に飯島はさきほどの興奮のため、まだ顔を紅潮させている大園に声

をかけた。

「あんたら、ここのチームと今から野球の試合したらどうだい」

これは信者の寮生たちに対する飯島の意地わるい嘲笑にちがいなかった。舞台の上から病人たちをみおろし詩を読んだり歌を歌ったりする慈善なら誰にだって出来らあ、だが患者とどうしたって体をぶつけあわねばならん野球をやれるものならやってみるがいい、と飯島は言っているのだ。

「やろうやないか。みんなで」大園はむきになって仲間に言った。「佐藤さん、ぼくらにグローブ貸してもらえますか」

「職員用のがありますけど」老人は今度もあわてて白けた気分を不器用にとりなした。「まあ、そこまでやって頂かんでもええんですが」

そして大園が立ち上ると信者の学生は不愉快そうな表情でそのあとに従った。何も知らずに嬉しそうに職員用のミットやグローブを運んできた看護婦たちは病舎に野球の試合を知らせるため小走りに駆けていった。

病舎の隣の運動場に出ると、借りたグローブを手にはめて学生たちはしぶしぶと球投げの練習をはじめた。その球にはどこか力がこもっていなかった。少し寒い風が耕作地の方から吹いてくる。

「おい、江木君」突然大園はこちらを向いて叫んだ。「外野をやってくれよ」

そして彼はこちらに一つ余っているグローブを放った。江木はくるしげな眼でチラッと飯島をふりかえったが、古外套のポケットに手を入れた飯島は背をこちらにむけながら、耕作地をじっと眺めていた。

病舎の方から歓声が起った。窓という窓から男女の病人たちが顔をのぞかせて手や手ぬぐいをふっている。患者の選手たちがちょうど泥によごれたユニホームを着て病舎から走り出たからである。

一見、これらの軽症患者の選手たちはどこも変ったところはないようにみえた。だが寮生たちにむかって彼等が、

「有難うございます」

丁寧に帽子をぬいで挨拶をした時、江木は彼等のある者の頭に銭型大の毛のぬけた部分があり、他の者の唇がひきつったように歪んでいるのに気がついた。

外野にたった江木は眼をつぶって先程見た講堂での風景を思いだそうとした。白い布を顔にまいて仰むけになりながら大園のまずい詩をじっと聞いていた重症患者、その重症の仲間を助けて肩に背負いながら歩いている仲間たち。両手を膝において首うなだれていた女と娘――そうした人々を見捨てようとした自分、（イヤな俺。イヤなイヤな俺）

彼は口の中でその言葉をもう一度くりかえした。そして眼の前をちらつく膝の傷口のイメージを懸命に追い払った。

試合はいつの間にか進んでいた。寮生の守備が終り、患者たちの攻撃はどうにか無得点でくいとめた。思ったより手ごわい相手だった。

「江木君、今度は君が打つ番だぜ」

そう誰かにいわれた時、江木は自分のそばでただ一人観戦している飯島の頬にうすい嗤《わら》いのうかんでいるのをチラッとみとめた。

バットを持って彼が歩きだした時、その飯島はいかにも作戦でも与えるように近よってきた。

「おい江木」彼は口臭のまじったひくい声で意地わるく囁《ささや》いた。「こわいだろう。お前伝染するぜ」

江木は思いきってバットをふった。バットに重い手ごたえを感じ、白球が遠くに飛んだ。「走れ」とだれかが叫んだ。だが江木が夢中で一塁を通りぬけて更に駆けだした時、既にサードからボールを受けとった一塁手が彼を追いかけてきた。二つのベースにはさまれた江木はボールを持った癩患者の手が自分の体にふれるのだなと思うと足がすくんだ。（止ってはいけない）と駆けながら彼は考えた。一塁手が二塁にボールを投げた。その二塁手のぬけ上った額と厚い歪んだ唇を間近に見た時、江木の肉体はもう良心の命ずる言葉をどうしても聞こうとしなかった。彼は逃げるように足をとめ、怯えた顔で近づいてきた患者を見あげた。

その時、江木は自分に近づいてきたその患者の選手の眼に、苛《いじ》められた動物のように哀しい影が走るのをみた。

「お行きなさい、触れませんから」

その患者は小さい声で江木に言った。

一人になった時江木は泣きたかった。彼は曇った空の下にひろがる家畜のような病舎と銀色の耕作地とをぼんやり眺めながら、自分はこれからも肉体の恐怖のために自分の精神を、愛情を、人間を、裏切っていくだろう、自分は人間の屑《くず》であり、最もイヤな奴、陋劣《ろうれつ》で卑怯で賤しいイヤな、イヤな奴だと考えたのだった。

（一九五九年四月、「新潮」）

# その前日

前からその踏絵を手に入れたいと思っていた。手に入れられないなら、せめて見ておきたいと考えていた。その踏絵とは長崎県、彼杵《そのぎ》、大明村の深江徳次郎さんが所蔵しているもので幅二十糎《センチ》、長さ三十糎の外側木製、銅版の十字架基督《キリスト》像をはめこんだものである。

これは日本におけるきりしたん最後の迫害とも言うべき浦上《うらがみ》四番崩れの際に使用されたものの一つである。踏絵の使用は安政五年に締結された日米条約で廃止されたはずだったが、それからしばらくして起ったこの弾圧でも矢張り用いられたわけだ。

私がこの踏絵を手に入れたいと思ったのは浦上四番崩れの際にころんだ彼杵郡、高島村の藤五郎のことをカトリック関係の小冊子で読み、少なからず関心をそそられたからである。もっともこの小冊子の筆者は藤五郎にはほとんど重点をおかず、四番崩れの史実を述べているだけだが、私は彼だけに興味をもって読んだようである。

ちょうど私の学生時代からの知りあいであるN神父が長崎にいるので、藤五郎についての感想をしるした手紙を送ったところ、神父は返事のなかで踏絵のことを書いてきてくれた。大明村はN神父が管轄する教区だが、その村の深江さんが当時の踏絵を持っていると言う。深江さんの祖先は、弾圧側の役人をやっていたとのことだ。

ところが、三回目の手術をうける前日に、私は幸運にもこの踏絵を見る機会をえられることになった。友人の井上神父が長崎に行った帰りに持ってくることがきまったのである。これは私のためではなく四谷のJ大学のきりしたん文庫で保管するためで、こちらには残念だが、そういう貴重なものなら仕方はない。しかし井上神父は文庫に渡す前、私に一寸《ちょっと》だけ、見せてもよいと妻に電話をしてくれたのである。

私は病室で井上神父を待ちながらうとうととねむっていた。クリスマスがちかいので看護婦学校の生徒たちであろう、屋上で合唱の練習をする声が聞えた。時々、眼をうすく開き、その声を遠くで聞いて、またまぶたを閉じた。

だれかが病室の扉をそっと開ける気配がする。私は女房かと思ったが、女房なら明日の大手術のためにその準備で走りまわっているから今頃来られる筈《はず》はない。

「だれ?」

顔を覗《のぞ》かせたのは登山帽をかぶり、ジャンパーを着た中年の男だった。私の知らない人だ。私はまず彼のよごれた登山帽から毛のついたジャンパーを眺め、それから穿《は》いている大きな編上靴に視線を落し、ああ、井上神父からの使いだなと思った。

「教会のかたですね」

「え?」

「神父さんからのお使いのかたでしょう」

こちらは微笑したが、男は眼をほそめ、妙な表情になって、

「いや大部屋の人に聞いたらね、こちらさん、買うかもしれんって……」

「買う?　何を」

「四枚で六百円です。本もありますが、今日は持ってきてないんだ」

こちらの返事を待たずに腰をひねるようにして、ズボンのポケットから小さな紙袋を男はとりだした。紙袋のなかにはふちの黄ばんだ写真が四枚、入っていた。洗いがわるいのか、小さな影像のふちが黄ばんでいる。影のなかで男の暗い体と女の暗い体とがだきあっている。郊外のさむざむとしたホテルらしくベッドの横に木の椅子だけがポツンとおかれてある。

「明日、手術を受けるんだぜ」

「だから」

男は別に気の毒だとも言わず、写真で掌を掻《か》きながら、

「手術を受ける前だから魔よけにこれを買う。これを買えば、必ず手術が成功する。ねえ、旦那」

「君はこの病院によく来るのか」

「ここはぼくの担当です」

とぼけているのか、本気なのかわからないが登山帽の男は医者のように力強く、ここが自分の担当だ、と言った。私がまるで彼の受持患者のような口ぶりだ。私は好意を持った。

「駄目だ、駄目だ。この写真では詰らんよ」

「はあ……」と男はうかぬ顔になって「これが駄目ならどんな顔がいいんだろうねえ、この大将は」

私が煙草の箱をさしだすと男は一本喫《す》いながら話しはじめた。

病院ほど患者が退屈して、その種の写真や本をみたがる所はない。それに警官だって気づかない。こんなに恰好の場所はない。だから仲間と手わけして都内の病院を廻っている。これを買えば手術をうける患者には魔よけになる。この病院は自分の受持だと彼

は言うのだ。

「この間もね、ホ号に入院している爺さんだが、手術前にこの写真を見てね、ああ、これで思い残すことはないと言ってましたぜ」

私は笑った。辛そうな顔をしてそっと病室の扉をあける肉親より、この男のほうが今日の私には有難い見舞い客だと思った。男は私の煙草をすい終ると、もう一本を耳にはさんで部屋を出ていった。

彼が部屋を出ていったあと、私はなんだか、愉快な気分になってきた。神父の代りに奴が来た。踏絵のかわりにエロ写真もってきた。今日は私にとって色々なことを考え、色々なことを整理しておかねばならぬ日の筈だった。明日の手術は今まで二回のものとはちがって肋膜《ろくまく》が癒着しているため、相当量の出血と危険とが予想され、医師も手術をうけるか、どうかこちらの自由意志に任せたほどだった。だから今日私はもう少しセロファン紙を張りつけたような顔をするつもりだったのにあの男のために出鼻をくじかれた。しかしあの縁の黄ばんだ暗い影像は、やはり神が存在することを証明している。

藩の警吏が高島村を襲撃した時は、村民たちは夕の祈禱《きとう》をやっていた。もちろん見張りはたてていたが、見張りが村民たちに警鐘をならした時は、警吏は祈禱の場所である農家に雪崩《なだ》れこんでいたのである。

その夜、月の光のなかを百姓頭二人を先頭にして十人の男たちはすぐ浦上に引かれていった。中には幸か不幸か藤五郎もまじっていた。藤五郎がころぶであろうということは仲間たちははじめから不安な気持で予感していたことである。さようにこの男は信仰の篤《あつ》いこの村には困った存在だったのだ。体の大きな男のくせに臆病者なのである。

藤五郎はむかし隣村の若い衆に喧嘩《けんか》を吹きかけられ、図体だけは人一倍大きいくせに地べたに押しつけられて、身ぐるみを剝《は》がされて下帯一つになって高島村に戻ったことがある。その間一度も抵抗をしなかったのは「右の頰を打たれれば左の頰をさしだせ」という基督信者の勇気からではなく、相手がこわかったからだ。流石《さすが》に高島村の村民も彼を蔑《さげす》むようになってしまった。だから三十になっても彼だけは嫁のきてがない。母親と二人だけで暮している。

嘉七は十人のなかで一番、村でも身分があり、また人格者だったから、浦上で吟味がはじまる前夜に、藤五郎を特に励ました。でうすもさんたまりあも必ず自分たちに力と勇気とを与えるはずである。この世でくるしむ者は必ず天において、よみがえることができる、と嘉七は彼に言いきかせる。藤五郎は捨犬のように怯《おび》えた眼でみなを眺め、みなに促されて「けれどのおらしょ」や「天にましますわれらのおんおやさま」の祈りを一緒に唱えてもらった。

翌日、早朝から浦上の代官所で吟味が開始された。砂利をまいたつめたい取調べ所に縄をうたれた一人、一人がひきずり出され、役人はこの時も踏絵を使った。転向を誓わないものは弓で烈しく打たれたが、藤五郎は弓をふりあげられる前に、踏絵の基督の顔の上によごれた足をのせてしまったのである。髪がみだれ血だらけの嘉七以下、九人の仲間を動物のように哀しそうな眼でみて、彼一人だけ役人に背を押されながら代官所の外に釈放されたのである。


「毛剃《けぞ》りと採血です」

今度は看護婦が部屋に金属の盆や注射針をもって入ってきた。明日、手術される部分のうぶ毛をそり、輸血のために血液型を調べておくのである。

パジャマの上衣《うわぎ》をとると、ひやりとした空気が肌にしみる。左手をあげて、私は看護婦のカミソリが腋《わき》を動く感触を笑いをこらえながら我慢する。

「くすぐったいな」

「お風呂にはいったら、ここチャンと洗いなさいよ。アカだらけよ」

「そこは駄目だ。二回の手術で感覚がおかしくなってるんだよ。こすれないいんだ」

背中には袈裟《けさ》がけに切られた大きな傷あとがある。二回も切ったので傷あとはそこだけふくれている。明日、もう一度、そこに冷たいメスが走るだろう。私の肉体は血だらけになるだろう。

藤五郎を除く九人はどうしても改宗を肯《がえ》んじないので一応、長崎の牢屋に入れられた。翌年、慶応四年、彼等は長崎から舟に乗せられて、尾道《おのみち》にちかい津山に送られることになる。雨がふる夕暮で、その雨は覆いのない舟をぬらし、着のみ着のままの囚人たちはたがいの体をこすりながら寒さを防いだ。舟が長崎をはなれる時文治という囚人の一人が船着場の端に人足のような恰好をした男をみつけて、

「あ、あれは藤五郎じゃないか」

藤五郎は彼がころんだ時と同じように訴えるような哀しげな眼で遠くからこちらを窺《うかが》っていた。一同はきたないものでも見たように視線をそらし、誰もがもう口をきかない。

津山から十里はなれた山のなかに九人の住む牢があった。牢からは役人の家と小さな池がみえる。最初の頃はほとんど取調べもなく、役人は寛大だった。一日二度の食事も彼等貧乏百姓には有難いくらいのものだった。役人たちはやさしく笑いながら、邪宗さえ捨てればうまいものも食えるし、暖かい衣服も与えられると言う。

その年の秋に突然、十四、五人のあたらしい囚人が送られてきた。故郷、高島村の子

供たちなのである。一同はふしぎなこの役人の仕打ちに驚き、久しぶりに血族縁者に会えた悦びを味わったが、間もなくこの処置が「子責め」と称する心理的な拷問であることを理解せねばならなかった。

囚人たちは、隣接する子供たちの牢舎から時々、泣き声をきいた。藤惣とよぶ囚人がある日の午後、自分たちの牢の小さな窓に顔を押しあてていると、二人の痩せこけた子供が蜻蛉《とんぼ》をつかまえ、それを口に運んでいる光景が見えた。子供たちがほとんど食事らしい食事を与えられていないことが、これでわかった。その話をきいて九人の男たちは泣いた。

彼等は役人に自分たちに与えられる「結構な食事」のせめて半分でもさいて子供たちに与えてほしいと願ったが許されなかった。しかしもし邪宗さえ捨てればお前たちも子供もまるまると肥って懐かしい故郷に帰れるだろうと言われた。

「はい、おしまい」

注射針をぬかれて、私が針のあとをさすっている間、看護婦は血を入れた試験管を目の高さまであげて光にすかして、

「黒いわねえ。あんたの血」

「黒いのはいけないのかい」

「いけなくはないわ。ただ、黒いと、言ってるだけ」

看護婦と入れちがいに、今度は白衣を着た見知らぬ若い医者がやってきた。私が寝台から起きあがろうとすると、

「いやいや、その儘《まま》で。麻酔科の奥山です」

明日の手術には麻酔専門の医者がたちあう。それが自分だと言った。形式的に聴診器をあてて、

「この前の手術の時、麻酔は早くさめましたか」

この前は骨を五本切った。手術が終ると同時に薬がきれて胸の中に鋏《はさみ》をつきさされたような痛みを感じたのを憶《おぼ》えている。私はそれを話し、

「今度はせめて半日は眠らせて下さい。あれはとても痛かった」

「そう努力」若い医者はニヤッと笑った。「いたしましょう」

男たちがそれでも改宗しないのがわかると、拷問がはじまった。九人は一人、一人にわけられそれぞれ小さな箱に入れられた。坐ったまま身うごきの出来ぬ箱である。息をするために顔のあたる部分だけがくりぬかれていた。厠《かわや》に行く以外はこの箱から出ることは許されない。

冬が次第に近づいてくる。寒さと疲労とで囚人たちの体は弱りはじめる。そのかわり

に隣接した子供の牢舎では笑い声がきこえはじめた。役人たちも流石に人の親だったから、子供たちに食事を与えたのである。その笑い声を九人の男たちは箱の中でそれぞれだまって聞いていた。

十一月の末に久米吉という囚人が死んだ。久米吉は九人のなかで一番の年寄りだったから寒さと疲労に耐えられなかったのである。嘉七は久米吉を敬愛していたし、牢生活の間なにかあれば久米吉の意見をまず聞いていたから、この死は彼自身にもひどくこたえた。くりぬかれた箱の穴から顔をだし、嘉七は弱くなった自分の心を思った。そして自分たちを裏切った藤五郎のことを初めて憎んだ。

また扉がそっと開く。神父か。そうじゃない。またしてもさっきの登山帽にジャンパーの男である。

「大将」

「なんだ。あんたか」

「実はね。魔よけに、これを」

「買わないと言ったじゃないか」

「いや、写真じゃない。これをタダであげます。その代り、大将の手術が成功したら、私のもってくる写真や本を買って下さい」

それから声をひそめて、

「大将、女だって世話しますよ。ここなら面会謝絶だ。カギはかかる。寝台はある。誰にだってわかりゃ、しないよ」

「はいはい」

掌に握りしめたものを、私の寝台の上において彼は部屋を出ていった。見ると、男が握りしめていたのか汗とあかとで、うすよごれた小さなコケシ人形だった。

冬になると流石に箱から出されたが朝夕は寒かった。裏山でなにかが弾《はじ》けるような音がした。樹の枝が冷気で折れる音だ。牢屋と役人の家との間にある小さな池に薄氷が張った。

夕暮ちかく役人が来て八人の男のなかから清一と辰五郎という二人の囚人を連れていった。氷の張った池に突き落し、頭が水面に浮ぶと竿《さお》で突くのである。この拷問は辛かった。失心した清一と辰五郎とは役人たちの腕で支えられながら牢屋に戻された。残った六人の囚人たちは嘉七の声にあわせて「あべまりあ」を誦《しょう》しつづけた。だが「でうすの御はははさんたまりあ、いまも、われらがさいごにも、われらのためにたのみたまえ」という最後の祈りでは、嗚咽《おえつ》する者が多かった。

その時、嘉七は牢屋の窓から痩せた背のたかい男が乞食のような姿であたりをキョロキョロみまわしているのに気がついた。流人のように髪も髭《ひげ》ものび放題の男がこちらを向いた時、嘉七は思わず声をだした。

「藤五郎じゃないか」

藤五郎は彼を追い払おうとする役人に首をふってしきりに何かを訴えている。やがて役人は別の役人をよび、二人は何か話しあっている模様だったが、彼らは藤五郎を伴って牢屋の中で一つだけ空いている部屋につれてきた。

「お前たちの仲間だ」

役人は困惑したような顔で言ったがその役人たちが去ったあと、八人の囚人たちは黙って藤五郎が体を動かしている音をきいていた。

「どうしてお前あ来たのだ」

やがて嘉七は皆を代表して口をきった。それは一同の疑問でもあったが、嘉七は嘉七で心のなかに漠然とした不安を感じていたのである。藤五郎は役人側の廻し者ではないかと思ったのだった。廻し者でなくてもこの男はまた、皆の弱くなった気持を更に崩すのではないかと考えたのだった。嘉七は役人たちがこういう狡猾《こうかつ》な手を使うことを死んだ久米吉から聞いたことがあったのである。

嘉七の質問に藤五郎は意外な答えをした。彼はここに自訴してきたのだと小さな声で答えた。

「お前が……」

囚人たちが嘲笑すると、藤五郎は間のぬけた声で抗弁する。それを制して、ここには拷問が待っているのを知っているのか、皆に迷惑をかけるぐらいなら帰ってくれと嘉七がさとすと、流石に藤五郎は黙りこんだ。

「えずう(こわく)ないかい」

「えずい」と藤五郎は呟《つぶや》いた。

そうれ……、拷問が恐ろしいなら戻れと言うと、藤五郎は奇妙なことを言いだした。自分がここに来たのは声を聞いたからである。自分はたしかにその声を耳にした。その声は藤五郎にもう一度だけ、皆のいる場所に行くことを奨める。皆のいる津山に行って、もし責苦が怖《おそ》ろしければ「逃げもどってよい」から、あと一度だけ、津山まで行ってくれ、と泣くように哀願したと言うのである。

山で木の枝がはじける音だけが静寂をやぶる夜だったが、囚人たちは藤五郎のこの話にじっと耳を傾けた。一人の男が、

「こげん、藤五郎に都合のいい話なかたい」

と呟いた。藤五郎が二年前の裏切りを仲間や村人に許してもらうために勝手にこしら

えた話だと考えたのである。責苦が怖ろしければ逃げ戻ってよいとは今度の場合もうまい言い逃れになると思えたのだった。しかし嘉七は半ばそう考えながら、半ばそうでもない気がする。彼は夜ねむれぬまま、闇のなかで、藤五郎が体を動かす音をかみしめた。

翌日、藤五郎は役人たちに引きずりだされ、池のなかに突きおとされた。嘉七をはじめ他の囚人たちは藤五郎の子供のような叫びを耳にしながら「くれど」の祈りを唱えて、神がこの弱虫に力を与えることを祈ったが、最後に彼等が聞いたものは、その反対の声だった。藤五郎はころぶことを役人に誓い、池から引きあげられた。

だが嘉七はこの時、昨夜、彼があの男にたいして持った疑いが間違いだったと知って安心した。「これでいい。これでいい」と彼は思ったのである。藤五郎は役人からその儘、追放され、その後、何処へ行ったかはわからない。明治四年、八人の囚人たちは新政府の手で釈放された。

井上神父が来た。先ほどのエロ写真売りの男のように、扉をそっとあけて入って来た。外は寒いだろうに、血色の悪い顔にうっすらと汗をかいている。私たちは学生時代からの友人で、一緒に貨客船の船底で苦力《クーリー》や兵隊たちの間に寝ながら仏蘭西《フランス》に行った。

「あんたに気の毒なことしちゃってね」

「踏絵、駄目だったのか」

「ああ」

上の人の命令で長崎からJ大学のきりしたん文庫には別の神父が運んだそうだ。井上の額には小さな赤黒い痣《あざ》がある。下町の小さな教会の助祭である彼の外套は袖がすり切れ、黒のズボンの膝が抜けている。予想していたように彼のこの姿は、登山帽の男のそれにどこか似通っているのだ。しかし私は彼にそのことを言わなかった。

井上はその踏絵を見てきたと言った。木の枠は腐り、緑の粉のふいた銅版の基督像は浦上の田舎職人が作ったものであろう。子供の落書のようなその顔は目も鼻もわからぬほど摩滅していたそうだ。それは大明村の深江さん宅の蔵に放りこまれてあったのだ。煙草を喫いながら別の話をはじめた。私は井上神父にヨハネ福音書の最後の晩餐《ばんさん》の場面について質問したが、これは前から疑問に思っていたことである。疑問の箇所は基督が裏切者のユダに一片の麪《パン》を与えて言う言葉だ。

「斯《かく》て、麪を浸してシモンの子イスカリオテのユダに与へ給ひ……これに向ひて、その為《な》す所を速《すみやか》に為せと曰《のたま》ひ……」

為すところを為せとは、もちろんユダが自分を裏切り、売る行為を指す。なぜ基督はユダをとめなかったのか。一見冷酷につき放したのかを私は聞きたかったのだ。井上神父はこの言葉は基督における人間的な面をあらわすと言う。基督はユダを愛してはいるが、この男と同席するのに嫌悪感を禁じえない。その心理はちょうど、心の底では愛しているが自分を裏切った女にたいして我々が感ずる愛と憎との混合した感情に似ているのだというのが神父の考えだ。しかし私はそれに反対した。

「これは命令的な言葉ではないな。ひょっとすると原典からの訳が段々、ちがってきたのではないか。……お前はどうせそれを為すだろう。為しても仕方のないことだ、だからやりなさい。そのために私の十字架があり、私は十字架を背負うという意味がこめられているのじゃないか。基督は人間のどうにもならぬ業を知っているしな」

屋上でさきほどまで聞えていた合唱が終ったらしく午後の病院は静まりかえっている。私は井上に反対されても自分のやや異端的な意見に固執しながら、見なかった踏絵をふと心に浮べた。手術の前に見たかったが、それができないなら仕方がない。井上の話によると腐りかけた枠木にかこまれた銅版の基督像は摩滅していたという。それを踏んだ人間の足が基督の顔を少しずつ傷つけ、すりへらしていったのだ。しかし傷ついたのは銅版の基督だけではないのだ。藤五郎もそれを踏んだとき、足にどのような痛みを感じたかわかる気がする。その人間の痛みは銅版の基督にも伝わっていくのだ。そして彼は人間が痛むことに耐えられない、だから憐憫《れんびん》の情にかられて「速に汝《なんじ》の為すところを為せ」と彼は小声で言うのだ。踏まれる顔の持主とそれを踏む者とはそんな姿勢と関係をもちながら今日まで生きてきた。

私はまた、ぼんやり、先程、登山帽の男が持っていたふちの黄ばんだ小さな写真のことを考える。影のなか、男の暗い肉体と女の暗い肉体とが呻《うめ》きながらだきあうように、銅版の基督の顔と人間の肉とはふれあうのだ。この二つには同じようなふしぎな相似がある。それは子供たちが日曜日の午後、ジャムを煮る匂いのする教会の裏庭で、童貞女から習う公教要理の本のどこかに書いてあることだったのに(私は長い間、その本を馬鹿にしていた)三十年かかって私はこんなことぐらいしか学べなかったわけだ。

神父が帰ったあと、私はまた寝台にもぐりこんで女房のくるのを待った。灰色の雲から時々、弱い陽が病室にさしこんでくる。電熱器の上で薬罐《やかん》が湯気をたてる。小さな音をたてて何かがころがったので、私は眼をあけて床をみると、登山帽の男がくれた魔よけだった。人生のようにうすよごれた小さなこけし人形だった。

(一九六三年一月、「新潮」)

# 私のもの

風呂の焚口《たきぐち》の前にしゃがんで薪をくべている妻を見ながら疲れた顔だな、と思った。焚口の炎で少しむくんだ目《ま》ぶたや頰に赤い影がうごいている。この女となぜ結婚したのかと今更のように思ったのは昨日の午後、三田から思いがけない決心をうちあけられたからだ。外は雨……雨はもう三日間も降りやまず、庭の八つ手の根もとをじゅくじゅくと濡らしている。庭に干せない子供の下着やパジャマが風呂場にも廊下にもぶらさがって、その湿気と嫌な臭いが勝呂《すぐろ》に中年男の自分の、くたびれた結婚生活を思いださせる。

「ねえ、退屈だもん」と子供が彼にせがんだ。「なにかお話してよ」

「そうだな。なんの話をするか」

窓のむこう、雨に閉じこめられた風景に眼をやりながら彼は首をかしげた。まだ出来たばかりの住宅地。東京から四十分もかかる丘陵を整地した場所で、赤土のむき出した場所に建売りの小住宅が散らばり、栗や漆などの雑木林が残っている。その雑木林にも雨が三日間ふりつづいているのだ。

「ある日、あの雑木林の近くで子供が野球をしていました。ボールが林の中に転がってしまったから子供たちは叢《くさむら》をわけて中を覗《のぞ》いてみた。すると……」

「すると……どうしたの」

「するとね」勝呂は少し意地悪な気持で話しつづける。「すると、お父さんぐらいの年の男が……首つって、ぶらさがっていた。色のあせた寝巻みたいな着物から、お風呂でよく洗わなかった二本の足が、ぶらんとさがっていたのだ」

「子供にそんな」焚口の蓋をしめながら妻は怒ったように呟《つぶや》く。「変な話をなさらないでよ」

「なぜ彼は首をくくったのか。その父さんみたいな男は、別に悪いことをしたのでもなかった。商売に失敗したのでもなかった。夫婦げんかをしたのでもなかった。だからみんなは、このおじさんが、なぜ、首をつったかわからなかった。……ただ一匹、犬が、哀しい眼をして、その雑木林を見つめていた」

「犬が?」

「そう。それで終り」

「なんだ。終りか。ツマんねえの」

俺はこの女房と子供と生涯、別れはしないだろうと勝呂は膝をかかえながら思った。勝呂の両親は憎みあって離婚したが、彼はこの肥った体をもち、疲れた顔をした妻と一生、生活をするだろうと思う。それはこの妻の疲れた顔が勝呂には時として「あの男」の顔と重なるからだ。「あの男」を俺は生涯、棄てないだろう。俺は女房を棄てないように「あの男」を棄てはしない。雑木林を見つめている犬の眼のように哀しい眼をした「あの男」を棄てないだろう。

昨日、今日と同じように雨の日、勝呂は新宿の混雑したジャズ喫茶で「あの男」のことを三田と話した。アベック・シートと言うのか、二等車の客席のように並んだ椅子に若い会社員や学生たちが女の子と体をくっつけて腰かけている。男どうしで坐っているのは勝呂と三田だけだ。ほかに場所が見つからなかったので仕方がない。二人の椅子はバネがゆるみ、帰ったばかりの若い男女の湿ったぬくもりがまだ残っていた。

「話って？」

「俺、来月……」

ぬれた蝙蝠傘《こうもりがさ》の柄を片手でなぜながら三田は眼をつむった。彼は頬の右下が小さな袋をつけたように膨らんで動く。三田はそれを心配のいらない肉腫だという。友だちの間では「馬」というアダ名のある彼はこの肉腫のためにますます馬のようにみえる。

「どうもうるさいな、この店は」

「土曜日だからね」

「それで話って……」

「俺、来月、洗礼を受けようと思って」

そう言って三田は下着をぬいで医者の前にたった青年のように、顔をあからめ、ジュースの残ったコップに眼を落した。三田も勝呂もそれぞれ四十歳に手の届く小説家だった。だが、長いつきあいの間に相手の内側をそれぞれの作品で推測しあっても、面とむかって心をむきだしにしたことはない。自分の心をなまのまま他人に見せるのは恥ずかしい。小説のなかだって彼等は自分の心に全く覆いもかけず陽にさらすことは不可能だ。笊《ざる》から水の洩れるように小説のなかでも我々はせいぜい自分のつかめた心の領域しか描けない。

「え、洗礼か」

「うん」

三田の細君は既に昔から信者だったが、三田は頑強に洗礼をうけることを拒みつづけていた。勝呂自身は子供の時、洗礼をうけている。だから三田は彼にこのことを打ちあけたのだろう。

しかし勝呂は信仰とか、洗礼とかいう言葉が嫌いだった。この言葉にはジョン小林とか、ヘンリー山田という二世の名前のような軽薄で青くさい臭いがひどくする。それだけではなく、そこにはいかにも自分の心を他人にむきだしにして平気でいる無神経なものが感じられる。洗礼とか信仰という言葉だけではなく、神という個性のない言葉さえ、勝呂にはいつか口に出したくなくなってきた。できれば別の言葉で彼をよびたい。もっと勝呂に実感を起させる言葉で彼をよびたい。だが彼には「あの男」という以外に別の日本語で彼をはずかしくなくよぶ言葉を知らない。

「あの男」は勝呂の少年時代から彼の裡《うち》で一緒に成長してきたのだ。勝呂が今日、まばらな無精髭《ぶしょうひげ》をのこし中年男の凹《へこ》んだくたびれた顔をしているように「あの男」も凹んだくたびれた中年男の顔をしているのだ。その「あの男」を勝呂は神などという実感のない曖昧《あいまい》な言葉でよべなかった。

「なんだ。急に。気持が、変ったのか」

なぜ神の存在を信じるようになったのか、そう言ってからそんな露骨な質問を口にだした自分の非礼に気づいた。隣の席では学生と髪の毛を金色にそめた娘とが指と指とをからみあわせている。娘が靠《もた》れかかろうとすると男は照れくさそうに体をよける。うしろの席から「だって、あのこと、トサカにくるじゃない」「社長外遊記って映画見たかい」「バカみたいだな。おめえは」そんな会話がきこえてくる。ボーイが盆の上のコップを落したらしく大きな音がひびき、みんなが背後をふりかえる。煙草の煙と雨のしみた靴の臭いが店のなかをみたして、ここは神の存在について話しあうには場ちがいな場所のようだった。けれどもそうだ。窓から見える新宿の雑沓《ざっとう》。信号をまっているバスや車。電気洗濯機の広告。春もの一掃の値引した靴屋の前に集まってきた女たち。そんなどこにもある日本のよごれた街のなかに「あの男」を、神の存在を見つけることができないならお前の小説はいったい何なのかと勝呂は思った。

「どうしてって……うまく言えないな」

三田は自分の洗礼の動機をなんとか説明しようとする。半年前、細君とローマに行った時、二人でバチカン宮殿を見た。あまりに贅沢なこの建物や広場は彼を不愉快にさせた。エルサレムをまわった時、そこが善光寺のように俗化しているのを見て彼はいらだった。しかし心の底で関心のないもの、愛していないものに、人は不快になり、いらだつ筈はなかった。印度から羽田にむかう飛行機の長い時間のなかで彼はその事実を反芻《はんすう》し考えつづけた。

「へえ。それだけか」勝呂は相手をからかうように「どうも通俗的なお話ですな」

「うん。お粗末の一席です」

もちろん勝呂にはわかっている。信仰の動機など誰にも説明できはせぬ。馬のような顔で眼をパチパチさせながら三田がしゃべったそんな説明は、心の秘密という大きな氷山のほんの一かけらの氷にすぎぬ。一つの魂が「あの男」をうけ入れるまでには松の幹のきたない表皮のようなものが意識の外側にくっついているのだ。その皮を剝《は》がすと白い樹液が流れでるだろう。樹液をしぼりだすものを語ることはできぬ。三田は何を言ってもいいのだ、俺が改宗したのは朝、目をさましたら空が晴れていたからだと三田から言われたって、勝呂は納得できる気がする。

「というと?」

「羨《うらや》ましいやね。お前さんも長尾も」

「二人とも、自分でそれを選んだって言うことさ」

長尾は三田や勝呂と同じように四十歳にちかい作家である。細君の神経の具合がわるく数年前から夫婦の故郷である日本の端の島に行ってしまった。勝呂にはなぜ長尾が改宗をしたのか聞いたことはない。ただその小説から見ると病気でいらだつ細君とこれも病気の子供とにはさまれて彼は地を這《は》いずりまわるような生活を送った。その生活に彼はしがみつき、それから逃げるかわりに一生、背負いつづけようとしている。背負うためには意味が必要だ。いや、意味があるから背負ったのである。いずれにしろ、長尾もこの三田と同じように自分の意志で信仰を選んだのである。

栗や漆などの雑木林は時々、身ぶるいでもするように濁った雨を落すのか、その音が彼の家にもきこえてくる。三田や長尾は自分の手であれを選んだのだが、勝呂の場合は自分の意志で信仰を選んだのではなかった。そのことは今日までいつも彼のひそかな負い目になっていた。いや、それだけではない。あの時勝呂は少年のくせにひとかけらの信仰もなく洗礼の水をうけたのである。そうだ。その頃の写真は彼の家に残っている。色が黒く、首を前に突きだして変な声をだしてしゃべるので皆からカラスといわれていた時代だ。その写真の中で彼は怯《おび》えたような眼つきでこちらを見ている。

まだ憶《おぼ》えている。大連《たいれん》から母とカラス兄妹をのせた船は門司《もじ》にむかっていた。ペンキの臭いと厨《くりや》からただよう沢庵《たくあん》の臭いとが船のいたる所にこもり、丸窓から支那海の黒い海面が白い波がしらをみせて浮んだり、沈んだりしてみえた。

「兄ちゃん。あたしたち、神戸の叔父ちゃんとこ、行くんだって。イヤだな。この靴下また破れてる」

なにも知らぬ妹は穴のあいた靴下を勝呂の鼻先につきつけてこれから自分たちの待っている生活をたのしいもののように言った。

「そうよね。母さん」

明日が門司だと言うのに船に弱い母は毛布にくるまって苦しそうに眼をつむっていた。丸窓のむこう、風の吹く黒い海をみながらカラスは大連に残した父のことと黒い満洲犬のことを考えた。母と父とが決定的に別れたと言うことは誰にきかされなくてもカラスにははっきりわかっている。彼と妹とは父親もやがて内地へ戻るのだと母から説明されていたが、その時の彼女の眼の動きでカラスは母がうそをついていることをすぐ知った。波が荒い時には寝台と寝台とをつなぎあわせた鎖が軋《きし》む。その軋む音をききながらカラスは膝の上に船の写真のついている絵葉書を置いて学校の友だちに便りを色鉛筆で書きかけたが、中途で破り棄てた。もう二度と大連に戻り彼等に会うこともないと思ったのである。

門司から神戸までの汽車の窓からカラスは初めて見る内地の風景をあかず見つめた。高粱《コーリャン》畠と泥づくりの農家しか見たことのない彼の眼には、藁《わら》ぶきの家や赤い柿の実は新鮮なものとしてうつった。

彼等は、母の妹の嫁ぎ先に厄介になった。叔父は病院勤めの医者だったが子供のないその家までが、まるで医院のように殺風景で、消毒薬の臭いが台所にまでしみこんでいるような気がした。ただあまり大きくもない家のどの部屋にも十字架がぶらさがっているのがカラスには奇妙に感ぜられた。

叔父夫婦はカトリックの信者だったのである。

叔父は口数の少ない無表情な人だった。妻の姉が子供まで連れて自分の家にころがりこんできたことに文句は言わなかったが彼は病院から戻っても、ちらっと冷やかに義姉とその子供とを見るだけで話しかけようとはしない。こうして彼は自分の態度を妻に示していた。そんな時カラスの母は機嫌をとるように、急に陽気にふるまい、今日忙しかったかとか、患者のことなどをたずねるのだった。だが彼はニコリともせず、時々、「ああ」とか「いや」とか口に出すだけで、食事がすんでも医学雑誌を膝にひろげて黙って読んでいた。

自分たちが叔父にきらわれているらしいと、カラスは子供心にもうすうす気がついた。窓に靠《もた》れて晩秋のうすい陽がおちている六甲の山々をみながら、カラスは父のこと、大連で父や母と住んだ家、雪のふる路を馬車《マーチョ》でゆられていった夜のことを心の中でかみしめる、だが、彼には自分と母とのために一体なにをしていいのかわからないのである。

無言で母と自分たちに接する叔父の機嫌をとるため、彼は懸命に話しかけようと思う。しかし言葉がつまってしまうのだ。

「叔父さん。これは……何か」

茶の間に釘《くぎ》をうちこんで、それにぶらさげた十字架を指さして妹のほうは物怖じもせず叔父にたずねる。もちろん、妹はそれを大連のロシヤ人教会で見たことがあるから、教えられなくとも知っている筈だった。

「十字架」

叔父は医学雑誌から眼をあげると単語だけをぽつんと答える。

「なんのために、あるんですか」

今度は彼が懸命にたずねる。だが彼にはとても妹のように甘ったれて言えないのだ。

「さあ」

うるさそうに、叔父はそれ以上、顔をあげない。叔母があわてて横からとりなすように説明する。

「信ちゃん、教会って見たことないの。教会っていうのは神さまが……」

ながたらしい叔母の話にカラスはうなずいていたが、そんなものを彼は信じてはいなかった。大連の路で聖画やメダルを売っていたロシヤ人の老人のことを思いだす。いつも泪《なみだ》をたらし、鼻水でよごれたハンカチでふいているその老人に友だちとよく石を投げつけた。

毎晩、カラスの母親はきまって叔父と叔母とに、愚痴をこぼす。叔父が不機嫌な表情

で急にたちあがって部屋を出ていくと、あとには白けた空気が残る。叔母は当惑したように、

「姉さんも子供たちももう寝たらどう」

急いで夫のあとを追っていく。二階の六畳で親子三人が眠る時、寝息をたてる妹の横で今度は母親の愚痴をきかされるのはカラスだった。

「親類なんて当てにならないよ。姉妹だって結婚してしまえばおしまいなのねえ」

「お母さん。毎晩、同じことばかり叔父さんたちにこぼすんだもん、ぼくだってイヤになっちゃうよ。どこかに家借りて住もうよ」

いつまでもこの家に厄介になるわけにはいかなかった。叔母は友だちや知人に伝手《つて》をもとめて母の就職口をみつけようとしていた。母がこの際、できる技能といえばピアノだけだった。少なくともそれまでは叔父や叔母の気持をそこねるべきではなかった。だからカラスは学校から戻ると誰に言われなくても庭の掃除をしたり、叔母の用事を手伝ってほめられようとするが無器用な彼は庭掃除の箒《ほうき》を折ったり、お使いの途中、風呂敷をなくしたりするのだった。

日曜になると叔母は教会に行ってミサにあずかる。時々叔父も一緒についていく。叔母は母を一度、誘ったが母は戻るなり、右手で肩を叩きながら、

「ああ肩がこるわ。兎《と》に角《かく》、お祈りに来ているのか、着物見せに来てるのかわかりゃしない人ばかりだから」

「でも、教会、行ったほうがいいんじゃないかな。叔母さんだって悦ぶだろ」

大連を出て以来、父のいないことはカラスをいつの間にか母の相談相手にさせていた。彼はそんな時、大人のような口のきき方もできるようになっていた。

「なら咲子と一緒に行ってよ。母さんなにもそこまでペコペコしたくはないわよ」

「また、そんなこと言う」

その次の日曜日、彼は思いきって玄関で靴をはいている叔父と叔母の背後にたっていた。

しかし彼は次の言葉が咽喉《のど》にひっかかるのを感じた。叔父は黙ったまま彼の顔をじっと見ている。彼は妹をふりかえって救いを求めるような眼をした。

「教会に行っていい」

「咲ちゃんが」叔母は夫を横眼でみながら声だけは嬉しそうに「信ちゃんも？」

二人は叔母と一緒に黙って先に歩く叔父のうしろに従った。阪急の電車に乗せられ夙《しゅく》川《がわ》という駅でおりる。カトリックの教会は神戸以外はここにしかないのだった。

始めて見るミサは彼には退屈で屈辱的なものだった。まわりの人々は突然たちあがったり跪《ひざまず》いたりする。カラスは叔母の命令で、児童の席に腰かけさせられたのだが、小猿のように自分より年下の子供たちのまねをしなければならなかった。他の子供たちが祈りを暗誦《あんしょう》する時、彼はぼんやりと立っていた。窓からさしこむ陽の光で寝不足の彼は頭が痛かった。そして内陣いっぱいに香炉の香りがただよいはじめるとカラスはその臭いで吐き気をさえ催した。

一時間の後、やっと外に出られた時、彼は貧血を起し、蒼《あお》い顔をして、

「どうだったの」

叔母にそう聞かれても返事ができなかった。

「あたし、一生懸命お祈りしたわ」

妹は例によって無邪気をよそおって答え、叔母をよろこばせる。

「信ちゃんは」

「あたし」妹は更に歌うように言った。「今度も教会に来たいな」

だが教会から電車までの坂道で叔父はカラスのそばに急によってきたかと思うと、いつになく優しい声で言った。

「いやだったろう」

それから毎週、日曜日、カラスは叔母につれられて教会に行くようになった。もしそ

れを怠ると叔母の機嫌がやはり悪くなるような気がしたからだ。それに彼としてはこうしなければこの家における母の立場がますます悪くなっていくように思えた。

四度目に教会に行った時、ミサのあとで黒い服を着た老神父のところに叔母はカラスをつれていった。それは大連にいた時、路で眼やにをふきながら聖画を売り、儲《もう》けた銅貨をアカシヤの樹の下で数えていた老ロシヤ人とよく似た顔をしていた。

「そうだねえ」カラスの肩に手をおいてこの老人は笑いながら「これから日曜日の子供の公教要理のクラスに来なさい。沢山、友だちがいるんだよ」

「信ちゃん、どうする」

カラスは叔母の顔をみあげたが、叔母は口では彼の気持をききながら、顔では早くも老司祭に礼を言うように促していた。

「よかったわねえ、信ちゃん」

母はこのことを聞いても別になにもいわなかった。悪いことではないと思ったのだろう。五、六人の年下の小学生にまじってカラスと妹とは日本人の修道女から小さな本を暗記させられていった。本の中には聖霊だの三位《さんみ》一体だの、カラスには全く理解できない言葉が沢山あった。

洗礼の日はまもなくやってきた。花輪を頭にかざり白い服をきせられた女の子や水兵服をきた男の子と一緒に彼は聖堂の、一番前の席にたたされる。洗礼の式の前に形式的な誓約があるのだ。

「あなたは、唯一の主を信じますか」

老神父は前日、学芸会の舞台稽古でもするように子供たちに教えておいた問答を信者たちの前でくり返す。

「信じます」

と妹は大きな声でいった。

「あなたは」老神父は老眼鏡の下からカラスの方をむきながら「唯一の主を信じますか」

「信じます」

と彼は答えた。

焚口に薪をくべている妻のむくんだ顔を見て、勝呂は結婚前、口のわるいある先輩が彼に、

「おむすびみたいな顔の娘だな」

そっと言った言葉を思いだした。だがそのおむすびのような顔は今は顔色も悪く艶《つや》が

ない。あの頃はまだ痩せていた体もみにくく肥っている。心臓がわるいので時々、はあ、はあと笛のような声をだすのだ。この女も正確な意味で自分は選んだのではない。「あの男」を少年時代のカラスが自分の弱さを誤魔化すために利用したように、この女とも彼は周りと妥協するために結婚したのである。

その時、勝呂は二十八歳だった。中学四年の時、母が死んでから彼は妹と父の家に戻った。そうするより仕方がなかったのである。

「お前の結婚相手は、父さんが見つけてやる」

父は平生から口癖のように言った。

「父さんは結婚に失敗したからな。若いうちは女を見る眼がないもんだ」

勝呂はそんな時の満足そうな父親の顔と無神経な言葉が不愉快だった。それは自分の結婚相手を他人から左右されたくないという反撥心と共に、死んだ母を蔑《さげす》むような父の言いかたのためだった。彼は御影《みかげ》の叔父の家で毎夜毎夜、夫の悪口を言い、愚痴を叔父や叔母にこぼしていた母のみにくい泣き顔を思いだした。あの泣き顔はきたなかった。しかし、それにしても彼にとって、そのみにくい泣き顔の女は母だった。父の気に入りそうな娘と結婚することは、それだけで死んだ母のあの泣き顔をさらに孤独にするように思われるのだ。

死んだ母の話は父の家に来て以来、勝呂兄妹はほとんど口に出さぬ。いつかこの家では、母が二人の兄妹に存在しなかったように生活が流れていく。アルバムから黄ばんだ母の写真は剝がされてしまうように、彼女が生きていたことさえ皆から無視されている。勝呂はそういう生活に妥協しながら、そんな自分がたまらなく不快だった。

妹は既に父親の気に入った青年とさっさと結婚していた。

「親の過去を、子供のあたしまでがひっかぶりたくはないわ」と彼女は勝呂にある日言った。

「あたしは、あたしよ、自分の生活があるわ」

そういう言葉の裏には、兄妹にとっていつまでも重荷になる母の思い出など現代的にさっさと棄てればよいという身勝手な理窟がふくまれていた。勝呂はこの妹とは争わないが、彼女が嫌いだった。

妹は月に二度、中野にある父の家にくる。子供と夫と一緒にいかにも倖《しあわ》せだという顔を兄の勝呂にみせつけるのだ。

「お父さん。信ちゃんにもそろそろ、嫁さんもらわなくちゃ」

妹の亭主は勝呂より年上だったから彼のことを狎々《なれなれ》しく信ちゃんと呼ぶ。たのまれもしないのに靴下のまま庭下駄をひっかけて、庭で盆栽をいじっている父の手伝いをするような男だった。

「そうさ」父は鋏《はさみ》を動かしながら「奴は註文が多いからね。困ったもんさ」

「しかし、お父さんの気に入る人ならまず間違いはないと思うんだがなあ。信ちゃん」

縁側で三歳になる子供に白い毛糸のズボンをはかせている妹も、

「そうよ。グズグズ言わせずに父さんが選びなさいよ」

母に似ていない妹の勝気な顔。鼻がとがり、少し上をむいている。生活に風波がたたぬためなら自分の心情の、一番奥ふかいものまでも眼をつぶる性格がこの妹には昔からある。今はその性格を靴下のまま庭下駄をひっかけ、たのまれもしないのに父の盆栽に水をかけている夫にむけているのだ。勝呂は妹が亭主と寝る時はどんな顔をするのだろうとさえ思った。

次から次へと父が知人からもらってくる写真を勝呂は口実をつけて断った。たった一度だけ、不承不承に見合いをしたことがある。鎌倉のある寺で、相手の娘は勝呂の前で茶の手前をしてみせた。

「どうしたんだ。君には結婚する意志がないのか」

その話もこわれた時、流石《さすが》に父は苦々しい顔で勝呂を自分の部屋によんだ。あつい湯で盃《さかずき》のような茶碗をあたため、その温度ののこった時に煎茶《せんちゃ》をつぐ。その父の痩せた細い手を見ながら勝呂は黙っていた。

「好きな人でも、あるのか」

「ええ」彼はうそをついた。「しかし先方の気持はわかりません」

本当は好きな娘などなかった。五、六人の娘は知っていたが、それもたんなる交際以上のものではなかった。

「それならそれで」父は茶碗を手にしながら庭の植込みに不機嫌に眼をやった。「早く言えばいいのに」

一カ月後、彼は今の妻になった娘に結婚を申し込んだ。若い男が女に感ずる感情は全くなく彼はうどん屋のなかでこの娘に結婚という言葉を口に出した。殺風景なうどん屋を選んだのはこの申込みが自分にとって事務的なものであることを心に言いきかせるためだった。真実、彼は父からの縁談をふせぎ、みにくい泣き顔をした死んだ母を心のなかで更に孤独に追いやらないためには、普通の娘ならば誰と結婚してもよい、そう思っていたのである。交際している五、六人の娘のうち、この娘は特に魅力が乏しかった。梨の花のように地味で、目だたず控え目だった。パーティでも隅の席でおむすびのような顔をして、じっと坐っている。

うどん屋で彼がそば湯をのみながら、結婚という言葉を言うと、このおむすびのような顔が一瞬、うごき、驚いたように彼を見つめた。

結婚して二人で住むようになっても、勝呂はこの時の彼女の表情をある痛みを感じながら思いだした。妻はあの時の自分の気持を知っていない。あの時、死んだ母を裏切りたくないという身勝手な理由から彼女と結婚にふみきったことを知らない。自分は愛したから選んだのではなく、弱さのために女房としたのだということを妻は生涯、気がつかないだろう。

細君は次第に肥り、みにくくなっていった。それは彼をいらだたせる場合がある。勝呂は彼女と争ったことはあまりなかったが、それは二人がたがいに満足していたためではなかった。一度、ある冬の夜、赤ん坊の横で彼は彼女を撲《なぐ》り、言ってはならぬ言葉を口に出してしまったことがある。

「君なんか……俺……本気で選んだんじゃないんだ」

おむすびのような顔がじっと勝呂を見つめ、おむすびのような顔に泪がゆっくりと流れた。

けれども本気であろうがなかろうが、勝呂は一人の女を妻として選んだという行為だけは認めざるをえなかった。その事実は彼女が彼と一つの屋根の下で住み、彼と生活し、彼の子供の母親であるということだった。満足しようが満足しまいが、彼女は勝呂と一緒に生きていく女だった。勝呂は他の男たちのように純粋な愛情でこの女を選んだのではないと思ってきたが、愛というあの大袈裟な気障《きざ》な言葉には信仰とか洗礼とかいう言葉と同じような軽薄なひびきがあった。愛という意味は勝呂の心のなかで少しずつ新しい意味を伴ってくる。人はうつくしいものや綺麗なものに心ひかれるが、それはもちろん愛などではない。

「君なんか……俺……本気で選んだんじゃないんだ」

ある夜、彼が彼女を撲り、口に出してはならぬ言葉を口に出した時、おむすびのような顔がじっと勝呂を見つめ、おむすびのような顔に泪が流れた時、勝呂はこの女がやはり自分の妻だと思った。心臓が弱いので、はあ、はあ、息を切らして竈《かまど》のなかに石炭と薪とを放りこんでいる。眼《ま》ぶたや頬がむくんで、髪に白い灰がついている。どこにでも転がっている疲れた細君の顔だ。けれどもそれはやはり勝呂の作品にちがいなかった。材料を集め、それをこねあわせ、いらだち、書いた勝呂の下手な小説と同じように彼自身の人生の作品にちがいなかった。そして、そのくたびれた顔のうしろに勝呂は妻と同じように、彼が本心から選んだのではないもう一つの顔をみつける。妻と同じように、彼が今日まで憎んだり撲ったり、そして、

「君なんか……俺……本気で選んだんじゃないんだ」

幾度もそう罵《ののし》った「あの男」の疲れきった顔を見つける。

うどん屋で妻が勝呂の心の裏を知らず嫁いできたように「この男」も冬の朝、夙川の教会でカラスが愛しもせず口にだした公教要理の形式的な誓いを本気にして、勝呂のところにやってきた。妻と同じように、はあ、はあと笛のような音をだして息をきらせ、みにくい顔をしてこの三十数年の間、彼の同伴者になってきた。

彼が「この男」を本気で選んだのではないんだと罵る時その犬のように哀しそうな眼はじっと彼を見つめ、泪がその頬にゆっくりとながれる。それが「あの男」の顔だ。宗教画家たちが描いた「あの男」の立派な顔ではなく、勝呂だけが知っている、勝呂だけの「あの男」の顔だ。私は妻を棄てないように、あんたも棄てないだろう。私は妻をいじめたようにあなたをいじめてきた。今後も妻をいじめるようにあなたをいじめぬと言う自信は全くない。しかしあなたを一生、棄てはせん。

雨がやっとやむ。子供をつれて勝呂は水溜《みずたま》りの多い丘陵の路をおり、駅前の煙草屋に煙草を買いにいく。まだ空は古綿のように雲がかさなりあっているが、その僅かな切れ目から微かな陽が、路の水溜りを光らせている。

「それはドクダミだよ。手がくさくなるぞ」

勝呂は叢の中にしゃがんで白っぽい花をちぎっている子供を叱る。

「早く、来いよ。おいて行くぜ」

「この雑木林なの」

「なにが」

「さっき話をしてくれたろ」

と息子はその雑木林に小石を投げつける。


（一九六三年八月、「群像」）

# 札の辻

都電に乗ると、男はきまって学生の頃よんだ荷風の小品のことを思いだした。それはある停留所から終点までの、古ぼけた電車に乗り降りする乗客たちを観察しながら、荷風がその一人一人の生活を空想するという随筆だった。今、男は本をよむことなどから随分、遠い生活をしていたが、都電に乗るたび、なぜかその小品のことを思いだした。

秋の午後、雨が降っていた。その都電の固い椅子に腰をおろして男は銀座のほうに向っていた。

何年ぶりかでむかし同じ机をならべた仲間の同窓会に出る筈《はず》で、正直な話、くたびれた洋服を着てくたびれた靴をはいた自分を昔の同級生の前にあまり曝《さら》したくはなかったが、昨日、その一人から会社に電話がかかってきた時、気の弱い彼は出席するよと、ちいさな声で返事をしてしまったのである。

電車のなかは湿った傘や泥の臭いが人々の体臭と一緒にこもっている。自分と同じような見ばえのしない勤め人や中学生たちをながめながら、荷風にならったわけではないが、男はこの連中の生活のことを考えた。真向いに袖のすりきれた背広をきている中年男は保険の外交員かもしれぬ。郊外の小さな家に住んで、勤めから戻ると女房とさしむかいで不機嫌な表情で飯を食い、そのあとは寝ころんでラジオを黙ってきく——そんな中年男の一日が彼には眼にみえるような気がした。斜めによごれた繃帯《ほうたい》を首に巻いた女が坐っていたが、その女は気管支のわるいために今まで暗い病院の待合室で牛のように忍耐づよく腰かけていたのだろう。

そんな想像をしていると、男は当然のことながら彼等のその色あせた生活がつくづく厭気がさしてくる。ああ、いやな毎日だと心のなかで呟《つぶや》いたが、それは今、くたびれた洋服を着て同窓会に出る自分に撥《は》ねかえる言葉だった。

よごれた窓から雨に濡れた街が見える。高速道路をつくるためにどろどろに掘りかえされた道路と毀《こわ》された家とは戦時中の街に戻ったようである。うすぎたない電信柱に紀文のおでんだのサンヨーテレビだのという広告をうちつけている。

ゴム合羽を着た青年が道ばたでトラックを修繕している。よごれた家もよごれた路も雨空も彼は嫌いだった。男は自分とこの外界とを結びつけるものを知らなかった。

「札の辻。札の辻でございます」

乗客の体のうしろから車掌がくたびれた声をだした時、夕暮ちかい街の動きをぼんやりと眺めていた男にガソリンスタンドや小さなビルとそこだけ黒い崖と樹木とが眼にうつった。崖のうしろには大きな白い高級マンションがたっていたが、下の小さな墓地のすぐ上に生えている楠《くすのき》の樹も記憶があった。古ぼけた都電の窓からほんの僅かな間だが覗《のぞ》けた崖と墓地とに、男は二十一年前同じような雨のふる日、立ったことがある。

その時、彼は「ネズミ」という外人の修道士と寒さに震えながら、崖の下を歩きまわっていた。貧弱な体を折りまげ、ネズミは刺草《いらくさ》の密生した路を上に這いあがろうとしている。不器用な男で傘のもちかたも知らない。あだ名そっくりの臆病そうな二十日鼠のような小さな顔もべっとりと雨に濡れている。

「本当にぬけてるな。あいつは……」

刺草の隅に雨傘で体をかくし、男はさっきから怺《こら》えていた小便をたれながら、そっと修道士を窺《うかが》った。痩せた足を入れたズボンをすっかりハネだらけにしてそのせかせか動く姿も鼠のようだ。

「井上さん。小伝馬町《こでんまちょう》の場所、どちらですか」

やっと崖の上に這い登った修道士の声が雨をまじえた暗い風のなかから聞えてくる。

「あっちでしょうよ」井上は面倒臭そうに答えた。「日本橋の方なんだ」

「来てください。ここから見えますか」

なに言ってやがるんだよ、と小さな舌打ちをしながら男はそれでも不機嫌な顔をして崖をのぼる細道に足をかけた。

ネズミは男が当時通学していた四谷のG大学に勤務している外人修道士だった。修道士とは司祭たちとはちがってもっぱら学内事務や修道院の雑用をやるのである。ネズミというのは勿論《もちろん》、本名ではない。本名はバフロスキイとかビロフスキイとかいうユダヤ系独逸《ドイツ》人だそうだが、学生たちは舌を嚙みそうなこの修道士の名をだれもよんではいなかった。ほうぼうの受験で落第した男がこのミッション大学にもぐりこんだ時、この修道士はもう学生たちからネズミというあだ名を頂戴していた。外貌だけでなく気が弱そうな白い小さな顔を事務室の窓からそっと出して学生証や通学証明書をわたす恰好があの臆病な動物の穴から出てくる姿にそっくりだったのである。

ネズミが学生におどおどするのは、その性格のためだけではないようだった。戦争が烈しくなると日本にいる外人たちはたとえ同盟国の独逸人でも次第に白い眼で見られるようになった。特に外国の宗教である基督《キリスト》教修道会が経営するこの大学はなにかにつけて警察や軍部から注意されているらしく、学生は時々、憲兵が構内にある修道院を偵察にくる姿を見た。男が入学する前年に、靖国神社事件という出来事が起って、問題になったことがある。新聞にも出たその事件は、文部省から大詔奉戴日《たいしょうほうたいび》ごとに強制された靖国神社参拝を信者の学生が拒否したため起った。

その事件の翌年、この大学には北支戦線から帰還したばかりの中佐が配属将校としておくられてきた。

弓弦《ゆづる》のようにぴんと空気の張った冬の朝、四谷のお濠《ほり》ばたを馬にふん反りかえったこの将校の姿を学生たちはよく見た。都会に初めて来た田舎者がいらだつように、中佐は外人司祭の多いこの学校のなかで殊更に自分の力を見せようとしているのである。しかし手入れのよく行き届いた彼の長靴《ちょうか》は銅色にかがやき、大学の前で馬をすてると中佐は口髭《くちひげ》をはやした赤ら顔をひきしめて学生たちの敬礼をうける。廊下や教室の前で煙草をすったり、ふざけていた学生たちは、その乗馬靴のならす革音がきこえてくると、急に眼と眼とを見かわし、煙草をもみけして逃げるように教室に入るのである。

中佐に怯《おび》えたのは学生たちだけではなかった。授業の途中でも廊下にあの長靴の革の響きが近づいてくることがある。と、外人の司祭教授たちは教科書からひどく不快な顔をあげる。次第に近づいてくる靴のきしむ音が遠ざかるのをじっと聞きながら、

「百姓《ペイサン》!」

ある日、その外人の一人が吐きだすようにそう呟いた。

男はまだ憶《おぼ》えている。それは毎月の大詔奉戴日の曇った朝だった。その日学生たちは小さな校庭に集まって勅諭の朗読を聞き、国旗の掲揚に注目させられる習わしだった。あまり色鮮やかでもない日の丸がだらしなく曇った空のなかに垂れさがって、

「敬礼、解散」

そういう号令がかかった時、突然、中佐が動きだした教員たちを制し、壇上に登った。ながい間彼は学生たちを、鋭い眼つきで見おろしていた。いかにも自分の圧力をためそうという小児的な姿は滑稽だったが、一人として笑い声をたてたり、口笛を吹くことはできなかった。

「お、お前たちは……」中佐は興奮すると口がどもる癖があった。「だ……堕落しておる。お前たちだけでなく……この大学のがい……外人も、職員も……腐っておる」

男はその時、壇上の両側に並んだ教員たちの顔を注目したが、そのいずれもあるいは強張《こわば》り、あるいは硬直していた。古綿色に曇った空の遠くで飛行機の爆音なのか鈍い音がきこえてくる。つむじ風が校庭の隅の片屑を黄色い埃《ほこり》と一緒に巻きあげている。しかし誰もがこの怒声を黙ったまま聞いていた。

学生たちのなかには中佐に迎合する者もいた。迎合するとは彼等の場合、ことさらに外人司祭の教師や修道士を小馬鹿にしたり反抗することだった。そして、そんな空気のなかで、学生課の小さな窓から学生証や通学証明書をわたすネズミの顔はますます、おどおどと蒼白《あおじろ》くなっていくのだった。

体格の大きな外人司祭や修道士のなかでネズミは珍しいほど背が低かった。戦争事情のためすっかり貧弱になった学生たちと並んでも首も手足も子供のように小さい彼は目だった。背丈が小さいだけでなく、ロイドという昔の喜劇俳優に幾分、似たその表情は単純な学生たちの嘲笑やからかいの的になる。彼がいかに気が弱く臆病であるかというさまざまな話が学生の間に伝わっていた。

たとえばそれはこういう話だった。一年ほど前、一人の学生が三階の教室の窓から誤って落ちたことがある。友人と戯れながら硝子窓《ガラスまど》に寄りかかっていた時窓枠がはずれたのである。地面に叩きつけられた彼の周りに人々が飛んできたが、当人は既に気絶して、顔も手も硝子の破片で血だらけになっていた。担架が運ばれ彼が連れ去られたあと、現場の学生たちはネズミが蒼白《そうはく》になって電信柱に体を靠《もた》れさせていたのを見たのだった。落ちた学生の傷だらけの顔と血の色にこの修道士は脳貧血を起したらしいのだ。

こんな話もあった、大学の校医の息子が学生たちに聞かせたと言うのだが、ネズミは一年前烈しい腹膜炎で入院したことがある。修道士は日本の医者を信用せず、どんなことがあっても外国の医者を呼んでくれと泣きながら上司の神父たちに頼んだそうだ。

「死ぬのが、こわいのです。私は、死ぬのがこわいのです」

熱で汗だらけになりながら、ネズミは恥も外聞もなく看護婦にも見舞いにきた学生にも叫び続けた。病院の枕元にネズミは母親と妹との写真を飾っていたが部屋中外人特有のチーズのようなむっとする体臭がこもっていた。しかし学生たちを更に笑わせたのは校医の息子の見たというネズミのセックスのことである。

「あいつのアレは……」と息子は言った。「豆のように小さいんだぜ」

チーズのような臭いを体から発散させているくせに、死ぬのをこわがって子供のように泣き叫び、その上豆のように小さなセックスしか持たぬという修道士の話は、学生に笑いだけでなく、軽蔑の念を起させた。白人と戦争している時代だけに、時として学生はこの臆病なネズミを残酷な形で苛《いじ》めたがった。

男とネズミとを近づけたのはそんなある日の夕暮のことだった。

その夕暮、男は放課後遅くなるまで学校に残っていたが、用事があるためではなかった。みんなの引きあげた埃っぽい教室の真中で頰杖をつきながら男は茜色《あかねいろ》の空と暮れていく濠の水と黒い民家とをぼんやり眺めていた。

放心した彼はその時廊下の遠くでキュッ、キュッという長靴のならす音を聞いた。初めはあの革靴が今のような遅い時刻になっているのがわからなかった。が、やがてそれがはっきり意識にのぼってきた時、男は反射的に、教室から逃げようとして、廊下に走り出た。

「ま、待たんかい。貴様敬礼せんか」

配属将校は欠礼をしたことを咎《とが》め、姓名を訊《たず》ねそれから不器用に直立した彼に軍人に賜わりたる勅諭を言ってみよと命じた。

男は口ごもった。彼はこの勅諭を暗誦するように平生、教練の時間、命ぜられているのを忘れていたのである。照れくささを誤魔化すため彼はうす笑いを頬に浮べたがそれがいけなかった。

「不謹慎！」

突然、男の頬は拳《こぶし》で烈しく撲《う》たれた。左腕で顔を覆うと、その腕にまた衝撃をうけた。そしてもしその時、偶然、あのネズミがそこに現われなかったら男はもっと叩かれていたにちがいない。

ネズミがそこに来たのは男を助けるためではなかった。偶々《たまたま》、彼は廊下の突きあたりの事務室の戸をあけて、ロイドのような顔をしたのである。修道士は硬直したまま、怯えた眼で男の頬から流れる糸のような血と中佐の赤黒い顔とを見つめていた。

他の場合なら配属将校はそのまま立ち去ったかもしれないが、しかし彼は今、自分を見ている修道士の驚いたような眼にぶつかった。自分を見ている相手が白人だけに彼は日本人特有のコンプレックスを爆発させたのだろう。二言、三言わけのわからぬ言葉を叫びながら、ネズミの修道服を烈しくつかんで廊下に引きずり出した。

「お、お前たちとこの学校の教育は根本から間違っとる」

中佐が靴音をたてて立ち去ったあと、男は口についた血を掌でぬぐい、窓から唾をしきりに吐いた。吐き終ってふりかえると、既に暗くなった廊下の隅でネズミはまだ、硬直したように直立している。眼をそらして男は、そこから出ていった。

そんな空気のなかでも外人司教や職員の中にはなんとかしてこの大学の昔の雰囲気をそっと続けようとする者もいた。月に一度、図書館の小さな読書室で歴史科の学生たちが中心となった「きりしたん研究会」の催しなどはたとえばそうした空気にたいするひそかな反撥なのかもしれなかった。

男はきりしたんなどに全く興味はなかったが、次第に重くるしくなってくる学生生活や殺伐な生活から息をぬきたいばかりに一度この会に顔をだしたことがあった。

若い歴史科の日本人教師がその時、東京にあるきりしたん遺跡について話している途中だった。三十人ほど集まった学生のうしろで男はぼんやりと立っていたが、もちろん、その話が彼の興味をひいたわけではない。むしろノートを熱心にとっている真面目そうな学生やおごそかな白髪の外人司祭の背中を見ているうちに、これは場ちがいな席に出てしまったという後悔の気持が起ってきたほどだった。

話はよくわからなかったが家光の時代に札の辻で処刑された五十人の殉教者のことらしかった。

元和九年十月に密告者の報告をうけた捕吏たちは、江戸に潜伏している主だった信徒を逮捕して小伝馬町の牢獄に投獄した。二カ月のちにこれら捕縛された者たちは二人の外人神父をまじえて室町から、京橋、浜松町、三田を経て札の辻の刑場に曳《ひ》かれ、五十本の柱にくくられたまま火刑に処せられたのである。

男は今でもその話の所々を憶えているが、その一つは目撃者のサン・フランチェスコ修士の古い文献を引きながら若い教師が朗読した当時の牢獄の有様だった。

小伝馬町の牢屋は四つに仕切られていた。天井は低く僅かに食事を入れるため、小さな皿一枚が通る口が一つあいているだけで光はほとんど差しこまぬ。その牢屋の前で信徒たちは下帯以外、衣服も持物も命よりも大事なロザリオまで取りあげられ、獄吏から背を押されて中に突きこまれた。

真暗な狭い部屋に囚人たちがつみ重なるように蹲《うずくま》っている。信徒たちが足をふみ入れた途端、囚人たちの痩せた体や骨だらけの腕が彼等にぶつかった。と共に、すさまじい悪臭が鼻をついた。

奥行わずか十米《メートル》で間口四米にすぎぬこの牢獄の中に囚人たちは三列に並んで坐らされていた。第一列の者と第三列の者とは互いに向い合い、二列目の者たちがその間に蹲っているのである。坐ったり蹲るといっても鮨《すし》詰めに近い状態であるから、立つことも出来ぬ。手足をのばすこともできぬ。蚤《のみ》や虱《しらみ》は遠慮なく下帯一枚の囚人たちの体を這いまわっていた。

身動きできぬから、なかの病人はそのままで尿や便を垂れ流した。牢に足をふみ入れた途端にすさまじい悪臭が鼻についたのはそのためだった。食物は仕切板の小さな穴から日に一度、差し入れられるが、それは力の強い者が先に奪って食べてしまった。水もほんの僅かが二度ほど、与えられたが、獄舎の耐え切れぬ暑さと人いきれで囚人たちはたえず水を求めて乾いた舌をむなしく動かしていた。

獄舎の外には見張番のほかに二十四人の番人がたえず大声で叫びながら巡視をしている。牢のなかで騒ぎが起ると、この番人たちは上にのぼって汚物をかけた。その汚物のために囚人たちの体は見わけのつかぬほど穢《きたな》く汚れた。もちろん死んでいく者が一日に一人は出た。死骸は時として七日も八日も放っておかれる、やがて腐爛した死体の臭いが獄舎の尿や便の臭気とまざりあって信徒たちを苦しめた。

このサン・フランチェスコの手紙を引用しながら若い教師が小伝馬町の牢獄の様子を説明すると夕暮の図書室の中に溜息《ためいき》とも吐息ともつかぬ声が起りみんなの体が小波《さざなみ》のように動いた。戦争も少しずつ烈しくなり、街も暗く、食糧も不足しだした毎日だったがその東京の毎日でもまだこの江戸時代にくらべれば遥かにましなような気がする。他の学生たちと同じように男も、そんな凄惨《せいさん》な出来事や場面を古い無声映画の一齣《ひとこま》でもみるような感じで聞いていた。自分たちにはまったく関係のない、過ぎ去った時代の出来事だと思う。

投獄された信徒の中には二人のイスパニア神父と原主水《もんど》という武士がいた。主水は千葉の原一族の子弟で家光の近侍として仕えていたが、周囲の説得や勧告にもかかわらずきりしたん信仰を捨てなかった。二度の捕縛の後手足の腱《けん》を切断され、十字の烙印《らくいん》を顔に押されたまま小伝馬町に連れてこられたという。

殉教者たちの話も男にはこちらが雨なのにむこうだけ、陽のあたっている丘を遠望しているような気がした。昔の信仰のある人というのではなく信仰などのない自分とは本質的にちがう意志の強さと性来の剛毅《ごうき》さとを兼ねそなえた人間にちがいなかった。ひょっとすると、それは狂信ではないかとさえ思った。ただ教師が彼等の最期を述べた時、男はなぜか、先日の夕暮、人影のない学校の廊下で中佐に殴られたみじめな自分の姿をくるしく思い出した。左腕で顔を覆って逃げようとした自分の恰好はまだ口惜《くや》しく頭に残っていたからである。

会が終る直前、男はうす暗い読書室の隅にネズミが学生たちと同じように腰をかけているのに気がついた。あの時、ネズミも硬直したように直立して、修道服を中佐に握られたまま曳きずられたのである。男はそんな修道士がこの席になに食わぬ顔をして腰かけているのがいかにも滑稽でネズミのよう——いや滑稽というよりはひどく偽善的な気さえしてきた。その偽善的な感じにはネズミが病気になった時、病室が吐き気のするチーズのような臭いになったとか、そのセックスが豆のように小さいという話とかがまじりあってきた。

会が終って、男があくびを嚙みながら学生たちの埃臭い体にまじって階段をおりかけると、背後から、眼鏡の奥から眼を細くして肩を並べてきた。

「あのね、札の辻、どこでしょう」

「札の辻？」

「そのことは今の話に出てきましたよ」

五十人の信徒たちが処刑されたのは札の辻だとさっきの講演者が言っていたのをぼんやり男は思いだした。だがネズミが他の学生ではなく彼に話しかけてきたのが不快だった。こいつは自分と俺とがあの夕暮、同じ被害者であったために、仲間になったと思っているのではないか。いや、ひょっとすると自分の弱さを俺に話しかけることによって容認しているのかもしれぬ。そう考えたので男は階段の途中でたちどまってネズミの顔をじっと見つめた。

「そりゃ、札の辻という場所は知っているけど……」

「ひとつ、行きませんか。札の辻に」

「さあ……」

男は困惑した顔で口ごもった。

それでも雨の降る日の夕方、二人は札の辻に出かけた。停留所をおりて品川の方角に少し歩くと煙草屋だの八百屋だのの家並に並んで智福寺という小さな寺があった。この寺のある場所がむかしの刑場だったということをネズミは講演をした歴史科の若い教師から教えてもらったのである。

智福寺の奥は一にぎりほどの墓地になり、墓地のつきた所は刺草のむらがる黒土の崖になっていた。崖の斜面に葛のきたならしくからんだ二本の棕櫚《しゅろ》と、古い一本の楠の樹が枝をひろげていた。さらにその上は樫や榎《えのき》の雑木林がそこだけ昔のままあたりからとり残されたように繁茂していた。

霧雨のなかを男とネズミとは傘をさしながら崖の上に立った。空も足もとの家も路も既に雨をふくんだ夕靄《ゆうもや》にどす黒く包まれはじめている。品川の海にちかい工場の煙突がその夕靄を更によごしている。

「では小伝馬町はあっちですか」

「そうだと思うけど……」

もちろんこの靄のなかでは小伝馬町の方角ははっきりと見える筈はなかったが、男は面倒臭くていい加減に返事をした。

その小伝馬町から新橋、三田を経て徒歩で引き廻された信徒たちはそれぞれ自分の名を書いた札を肩に懸けさせられたのである。角左衛門、与作、久太夫、新七郎、喜三郎、その名はいずれも江戸の何処《どこ》でもみつけられる者たちの名である。だがそれら信徒たちの最後にあの原主水だけが裸馬に乗せられていた。

刑場には五十本の柱が立てられ、柱の下には薪束が積まれている。見物人は既に刑場の外におびただしいほど集まり、弁当を食ったり、湯を飲みながら処刑の時間を待っていた。突然五十人の囚人の中の一人の男が、刑場を見て急に叫びはじめた。教えを捨てると言うのである。彼は縄をとかれて、その場で釈放された。

柱に信徒たちを括《くく》った後、刑吏は薪に火をつけてまわった。その日は風があり、風のために炎と煙とはただちに柱と括られた人間とをつつんでしまった。最初に二人のイスパニアの神父が絶命し、次に原主水がなにかを抱きかかえるような恰好で腕をうごかしたと思うと頭を肩に落した。

その処刑場の跡にたちながら男はこのあいだ古い映画の一齣のようにみえた場面が今自分の足もとで行われたと思うと、眩暈《めまい》さえ感じる。それら殉教者たちは矢張り自分には無縁な遠い存在だという気持は心から去らない。そういう超人的な行為は選ばれた強い者だけがなしえるのである。自分たちの生活とは次元がちがうのである。

彼はその時、自分の横で濡れているネズミを横眼でそっと窺《うかが》った。この修道士が今、どんなことを心で思っているかは男にもほぼ想像できるような気がする。別に信者でもなくたんなる学生にすぎぬ自分にはこのきりしたん殉教者たちの姿なども遠い別世界の人間像でしかない。だがこのネズミはネズミといえ日本に来た修道士である以上異国の殉教者の信念と臆病な自分の性格とを引きくらべてきっとたまらない恥ずかしさを感じているのだろう。

（しかし、お前さんは絶対、だめだな。俺もだめだがお前さんも絶対だめだよ）

男はネズミのような人間の限界を自分の立場から推測することができた。臆病な者はいつまでも臆病であって、それは原主水やその他の殉教者のようなつよい剛毅な人間にはなれないのである。男とネズミとは共にあの夕暮の廊下で中佐から殴られても、逃げだすことさえできなかった。がそれは二人とも肉体にたいする恐怖の前には精神など意味を失ってしまう種族だからだ。自分もネズミも、刑場に行く前に踏絵でもなんでも踏むにちがいない連中の一人である。

「お国には、家族がいるんですか」

はじめてネズミにたいして興味をそそられたのでそんな質問を口にすると、修道士はまるで夢からさめたように急に体を動かして、

「え？」

「独逸には家族がいるんですか」

「はい。母と妹とがケルンに」

「あんたはどうして修道士なんかになったのかなあ……」

傘を手に持ったままネズミは返事をしなかった。雨はようやくやんだが、あたりはすっかり暗闇に包まれはじめた。男は先にたって崖を滑らぬよう足をふんばり乍《なが》ら、道を

降りていった。

それからネズミとは学校でもほとんど口をきかなかった。戦争が次第に烈しくなり、やがて空襲が始まりだした。授業のかわりに男たちは川崎の工場に毎日、通わされるようになった。学校の周囲の四谷も焼け、男はネズミが大学の事務室から何時《いつ》の間にか姿を消したのに気がついた。独逸に帰されたという話だったが、男は一緒に崖の上に登ったこともすっかり忘れてしまった。

札の辻を都電で通りすぎた時、一瞬、男は二十一年前のことを思いだした。思いだしたが別にどうという感慨も起きたわけではない。

新橋で電車をおりるとネオンの光が雨ににじみバスやタクシーが泥水をはねあげて走っている。同窓会の場所は「風月」というレストランだったが、ついてみると矢張り欠席すればよかったと思う。くたびれた洋服は雨にぬれて、ますます、みじめになっているのに昔の級友たちはタクシーで到着したらしく、髪をきれいにわけ、白いハンカチを胸からのぞかせている。懐かしそうに肩を叩いてくれる者もいたが、そんな声を時たまかけられるとかえって憐《あわ》れまれているようで気が重いのである。

男は細長い食卓の片隅に腰かけて、やはり来なければよかったな、と思いながら、黙々と紅茶をすすっていた。食卓では今の仕事や近況を報告しあったり、名刺を交換したりすると、欠席した者の噂や教師の思い出が話題となる。にせの友情があちこちで作られるのを男は少し妬《ねた》ましそうな眼でみている。

「佐山は?」

「ありゃ、三重県にいるよ。海運業、やっとる」

「ほう、海運業をねえ」

「教師でロクさんというのがいたじゃないか」

「いた、いた。まだ教えているよ。あれは」

こんな時にはみんな妙に、母校を愛していたようなふりをするものだなと心の中で意地悪く考えた。彼は学校も愛していなかったし一緒に机を並べた連中も懐かしいとはひとつも思わない。

「ネズミはどうした。いたろ。事務室に」

男はその時だけ紅茶茶碗から顔をあげてそっと聞き耳をたてたが、大半の者はネズミの名さえ忘れているようだった。誰かが臆病だったあの修道士の顔や身ぶりを笑いながら説明すると、

「ああ、あいつか」

「あいつなら……妙な話を聞いたよ」

学校に残って教師になった向井という男が話しだした。ネズミは独逸に戻ったあとユダヤ系であるために捕縛されて収容所に入れられたという。それはポーランドに近いダハウとよぶ村に作られた収容所だそうだが、以後の消息はわからない。

「ただね、この間ね、ビタさんがむこうの新聞でこんな記事読んだそうだよ」

ビタさんというのは大学で法律を教えている外人司祭の名である。その司祭が本国の新聞でダハウの収容所で仲間の代りに死んだという修道士の話を読んだ。同じ収容所のユダヤ人が飢餓の刑に処せられた時、この修道士は身代りになって罰をうけ死んだというのである。

「それが……むかし日本に布教にも来た修道士だというんだ」

「ネズミのことか」

「わからんよ。名前が書いてなかったそうだもの。ビタさんはただ……」

「いや、ネズミの筈なもんかね。あの性格から言ってさ……それに奴は、布教に来たんじゃないだろ」

ひとしきり皆はネズミが脳貧血を起した時のことや豆のような小さなセックスを持っていたという思い出話をして声をたてて笑った。暗い事務室からロイドのような顔をだして学生証や学割をだしていたネズミ。せかせかと学校内を歩きまわり、気の弱そうな笑いをうかべているネズミ。髪をきれいに分け、ハンカチを胸に出した卒業生たちは最後に校歌を歌って解散した。

会がはねたあと、みんなはそれぞれタクシーをつかまえて銀座の酒場に二次会に出かける。男は一人、雨のなかを都電に乗った。電車には夕方、ここに来た時と同じように、湿った傘や泥の臭いが人々の体臭と一緒にこもっている。自分と同じように見ばえのしない乗客たちを眺めながら、男はまた荷風のまねをして、この連中の生活を考えた。真向いの青年は鉛筆を出して競輪の新聞をひろげながらなにか書きこんでいる。夜間高校からの帰りらしい娘がクラウン・リーダーを膝の上において居眠りをしている。それらの乗客はすべて彼自身と同じように、色あせた毎日のなかで臆病に生き、臆病に埋もれていく連中にちがいなかった。だが札の辻を通りすぎた時、男は雨で曇った窓を指でふいて食い入るように外を眺めた。

暗い灯のついた店や家々の背後にあの崖は真黒にうかんでいる。ネズミが入れられたダハウという所はどういう場所かしらぬ。しかし彼はむかしニュース映画で収容所の光景を見たことがある。それはほとんどきりしたん信徒たちが入れられた小伝馬町の牢獄と同じようだった。その同じような場所にネズミも生きたのだという事実を、男はふしぎな気持で噛みしめる。そして、もしネズミがあの話のような形で仲間のために愛のために死んだとしたならば、それは遠いむかしの江戸の物語ではなく、男自身の心にもやはりかかわりのある話だった。だれが、なにがネズミにそんな変りかたをさせたのだろう。だれが、なにがそんな遠い地点までネズミを引きあげたのだろう。男は首をふり、前の席に居眠りをしている娘や競輪新聞に首をかしげている青年を眺めた。それらの連中の中に——そう、その連中の中に、ロイドのような顔をして、泥をつけたズボンの膝を貧乏ゆすりしているネズミが腰かけていると男は思った。

（一九六三年一一月、「新潮」）

# 帰郷

長崎県にいる伯父が死んだ。便所の中で倒れたのだそうだ。亡父の兄である伯父には子供がない。田舎では親戚の出ない冠婚葬祭はないから妹は出席すると言う。彼女は一時、この伯父に親代りのように面倒をみてもらったから出席する義務はある。

「兄さんはどうするの」

「そうだな」

私は右手で首をもみながら、少しためらった。伯父と自分とは本籍が違う。祖父は次男だった父を鳥取の医者に養子にやったのである。だから私たち兄妹の戸籍は鳥取県になっている。

「考えておくよ」私はまた右手で首をもみながら、あまり気のない答えかたをした。

「明朝でも電話で返事をするから」

「考えておくよ……か」妹は眼をほそめて私の言葉をまねした。「お父さんとだんだん似てきたわね。お父さんも、なにかを相談すると、いつも、考えておこうと言って、男らしくパッとものを決めてくれなかったわ」

「ながい間、親爺《おやじ》は銀行員だったからな。石橋を叩いて渡る癖がついたのさ」

子供を叱る妻の鋭い声が庭から聞えてきた。立ちあがって庭を覗《のぞ》くと、西陽の照りつける芝生の真中で子供がボールを固く握りしめたまま立たされていた。

「自分がいいか悪いかよく考えてごらん」

息子は隣の小さな子が年上の小学生に苛《いじ》められているのを、黙って見ていたらしい。それが妻を怒らせたのだ。妻はそういうことが大嫌いな性格だった。

「男らしくない子は一番、嫌いよ。いいから、そこに立ってなさい」

二階まで響くほど大きな音をたてて妻が硝子戸《ガラスど》をしめると、妹は首をすくめて、

「私が長居してるから、御機嫌がわるいようね」

「馬鹿な。そんなこと、あるもんか」

「姉さんはわたしが嫌いなんじゃない。本当は」

しかしその妹は帰り支度をして玄関まで出ると、今の蔭口は忘れたような顔をして、台所から出てきた妻と笑いあっていた。庭には西陽で汗だらけになった息子が口を歪《ゆが》め

たまま、まだ立たされている。

「おい。もう、来いよ。もう、いいさ、泣くんじゃない。運動靴をそこにぬぎ棄てているとまた、母さんに叱られるぞ。こちらに渡しなさい」

幼年時代、私にも同じように卑怯なまねをした経験がある。だから、息子を妻のように叱れない。子供がだらしなく、ぬぎ棄てたズックの靴を台所の上り口まで持っていきながら私は長崎に行こうか、どうか考えた。手にした靴から変な臭いがする、息子は私と同じように脂足なのにちがいない。この間、買ってやったのに靴の中はもう、黒ずんでよごれていた。父も脂足の人だったから、これは遺伝的なものだ。

その夜、晩飯をたべながら妻は少し嫌な顔をした。

「千恵子さん、一人で行けばいいじゃないの。千恵子さんはあちらに随分、面倒をかけたんでしょう。あなたとは事情がちがうわよ」

「しかし、俺にもただ一人の伯父だぜ」

「高いんでしょう。長崎までの飛行機料金」

「伯父貴のことは兎《と》も角《かく》、こういう機会に自分の故郷というのを見ておきたいと思うね」

父が養子にいった先が鳥取であるため、私は長崎県をまだ訪れたことはない。自分の先祖が生活してきた村がどんな村で、どんな風景にとりかこまれているのか見たこともない。そういう意味で行きたいとは思うが、妻の言うように高い飛行機の金をはらってまで、出かける必要があるだろうか。

食事がすむと自分の部屋に戻った。妻と子供は下でテレビを見ている。四十代になると初老と言うそうだが、晩飯のあと、すぐ自分の部屋に閉じこもる癖がついた。部屋のなかで特に何かをするわけでもない。小さなラジオで野球をきいたり、碁の本をじっと見ているだけである。

(昔、親爺がこうだったな)

私が学生時代の頃、父は今の私と同じように晩飯のあとすぐ自分の部屋に入ったまま、家族と談笑するということはなかった。

「あれで、なにが人生、面白いんだろうねえ」

私と妹とは小声でそう言い、時々、便所に行く彼の跫音《あしおと》がきこえると、急に話をやめたものである。しかし四十歳になってみると、その時の彼と同じことを自分がやっているのだ。妹はさっき、私がだんだん父に似てきたと言ったが本当にそうかもしれない。特に、若かったころ私が彼のなかで嫌に思った癖ほど、中年以後の自分が引きついでいるのに気がついて、時々驚くことがある。

暗い電気の下で、右手で首をもみながら碁の本を見ている私の影が、壁にうつっている。こんな恰好も父はよくしていたものだ。

長崎での旅館は街を見おろせる風頭山《かざがしらやま》の中腹にあった。丹前を着て廊下に出ると、夕陽の照りつける湾のむこうに長い岬がのびている。湾の中には貨物船やタンカーが錨《いかり》をおろし、眼の下にひろがる白っぽい街から、車の音とも生活の音とも区別できぬ雑音がこの高台にまできこえてくる。

「長崎中学はどこですか。私たちの親爺はここの中学に二年生ぐらいまで通学してましてね」

茶を運んできた女中に大浦天主堂やグラバー邸などの場所を指さしてもらいながら、私は父が中学時代に見た長崎はこんな近代的な街ではなかったろうと思った。

「一寸《ちょっと》、ここの名産品は何ですの、鱲子《からすみ》とべっ甲だけ、鱲子じゃどこでも買えるしね。東京に送ってもそれほど有難いと思わないんじゃない」

「ここに住んでいた俺たちの御先祖さんてどんな奴だったんだろうね。今まで俺も血のつながった連中のことなんて、あまり意識しなかったんだが」

女中が部屋を去ったあと、私は鞄《かばん》から新しい靴下を出した。飛行機の間中、靴下はむれて、脂と汗で少し湿っていた。

「ねえ、ここの女中さんに幾らチップやったらいいと思う」

「千円もやればいいだろうよ」

「馬鹿ねえ」妹は笑った。「千円もやる人がありますか。あたし五百円で充分と思うんだけど」

街の右端にある三菱ドックの煙突から煙がながれている。あの方向が原爆の落ちた浦《うら》上《がみ》らしい。左の丘には十字架が金色にかがやく修道院があった。祖父は三代田という西《にし》彼杵《そのぎ》半島の村から出てきて、しばらく長崎で造園業をやっていたのだ。

「父さんにはあまりここでの記憶はなかったようだな。鳥取での話はたびたび聞いたけど」

山陽に比べると日本海に面した暗い山陰の人間は万事につけて臆病なほど慎重だと言われているが父にもそういう性格があった。それに晩飯がすむと家族から離れて部屋に一人閉じこもる陰気な父の姿からこのあかるい長崎の風景を想像することはできない。

「故郷が同じでも、育ったところが違うとああも、ちがうのかな。伯父貴とくると少し軽薄なぐらい陽気だったし、人づきあいもよかった」

「世渡りだって父さんより結局はうまかったんじゃない」

伯父は私たちにも私の従兄弟《いとこ》たちにも人気があった。話のよくわかる冗談の好きな伯父さんとして通っていた。

「でも伯父貴が大学の頃、北白河の警察に引張られた話、憶えているかい、伯父貴が学生運動に加わったなんて、信じられんことだが」

「一晩、泊められただけなんでしょ。翌日はアカを棄てるってすぐ約束して、刑事たちにほめられたと言うぐらいなんだから」

この話は伯父の口からではなく、死んだ祖母から私は聞いたのである。おそらくそれは彼にとって若い頃の一寸した迷いぐらいなものだったのだろう。私たちの知っている伯父にはそんな痕跡《こんせき》などどこにもなく、戦争中など国民服に身をかためて時々、九州から上京してくるたびに、甥《おい》たちを笑わせたり、西部軍司令官からもらった手紙を自慢そうに父に見せていたものである。

夕飯までまだ時間があると言うので妹に街の見物を誘ったが、彼女は女中に床をしかせて按摩《あんま》をとりたいと言う。主人や子供の世話から解放されて、のんびりしたいらしかった。

一人でまだ日差しのあかるい街におりたが、さて、何処《どこ》に行ってよいのかわからない。タクシーを摑《つか》まえ、地図をひろげながら、原爆の碑は何処かと聞くと、西坂という公園につれていかれた。西陽が長崎二十六聖人を記念して作った記念館の壁にあたっていた。入場料を払うと、出来たばかりらしい暗い館内に入れてくれた。

中学生が二人、なにかノートをとっている以外、人影はない。迫害時代の切支丹《きりしたん》が持っていたロザリオやメダイユや小さな十字架が硝子ケースに陳列されている。虫食いの跡のある切支丹禁制の高札もおかれていた。寛永十五年のもので、ばてれん(神父)を訴えたものは銀二百枚、いるまん(修道士)を訴えたものは銀百枚と書いた墨文字も読みにくい。

隅の硝子ケースには処刑された信徒の着物があった。百姓だったらしく、色のあせた野良着である。肩から背中にかけて血の痕《あと》がついている。血の痕はもうすっかり変色して、うすい錆色《さびいろ》の染みになっている。私は硝子ケースに顔を近づけて、しばらくそれを見つめた。

宿に戻ると妹は口をあけて眠りこけている。女中がまもなくシッポクとか言う長崎料理を運んできた。うまいものではない。箸を動かしながら、私はさっき見た記念館の話をした。

「血の痕のついた野良着なんか、おいてあって、一寸、気持わるかったよ。拷問された時か、斬りころされた時に流れたんだろうな」

「嫌あね」妹は笑って言った。「警察での伯父さんみたいに、素直にすればよかったのに」

食事がすむと、妹は風呂をつかって、また、寝床に入ってしまった。私は廊下の椅子に腰かけて右手で首をもみながら街の夜景を見おろした。さきほど女中に教えてもらった大浦の方角はもう真暗だが、出島から街の中心にかけては灯の光があかるく美しい。中学二年までここで過した父が街の何処に住んでいたのか私は知らない。父は伯父のように軽々しい性格ではなかった。大学を出ると、すぐM財閥の銀行に入ったが銀行員には打ってつけの細心な性格だった。波瀾《はらん》のないことが一番、倖《しあわ》せだとか、他人に信用されぬ人間になるなよと口癖のように私に言っていたものである。戦争中から銀行の取引き先である軍関係の工業会社に招かれて経営者になったが、それも手腕を認められたためではなく、石部金吉で危ない橋を決して渡らないという性格を買われたためであろう。

いつ頃からか知らぬが、私はこの父があまり好きではなくなっていた。あれは戦争が終った直後である。新聞を見ていた父親が、突然、大声で母を呼んだ。その時茶碗が畳の上にころがったが、それを拭こうともせず、眼鏡を鼻にずり落したまま、

「わしは、M・Pに摑まるかもしれんぞ」

父は母と私とに自分の読んでいた欄を指さした。その欄には進駐軍による財閥解体の

命令と、戦争中、財閥で働いていた幹部級の者の追放が行われるかもしれぬと書いてあったのだ。幹部とは言え、たかが父ぐらいの位置の者に責任などある筈はないと私は考えたが、その時の父の狼狽《ろうばい》ぶりはまるで子供のようだった。方々に電話をかけ手づるを頼んで、なんとか穏便に計らってもらう手段はないかなどと相談する声が毎夜、私の耳に聞えてきた。結局、これは馬鹿馬鹿しい妄想にすぎなかったが、事が落着すると父はふたたび謹厳な表情をとり戻した。他人から信用されぬ人間になるなという例の説教もふたたびはじまった。

父のことを考える時、いつも私の心にまず浮んでくる姿がある。老人になって彼が入浴していた時の体だ。痩せた腕をうごかしながら、肋骨《ろっこつ》の浮いてみえる胸を洗っていた。あの肉のおちた胸やほそい腕をみた時、私はなぜか、父の人生を思った。

翌日は雨。

「天気予報じゃ、すこうしばかり、ひどうなると申しとりましたが……本当に惜しゅうございました」

人の好さそうな女中は髪や着物が濡れるのもかまわず、私たちを乗せた車が見えなくなるまで玄関で見送ってくれた。その女中が心配した通り、浦上を通過するころ、天気はますます悪くなり、有名な天主堂の塔も遠く灰色にぼんやり見えるだけだった。

「このへんで、原爆の落ちたとです」

しかし妹は一寸ふりかえっただけで、

「しまったわ。あたし、かえの足袋を持ってくるのを忘れたのよ。どこか小間物屋の前で止めて頂戴。運転手さん。三代田までどのくらい」

「一時間はかかりますばい」

長崎の街を出ると雨にぬれた果樹園の樹が風に震えていた。枇杷《びわ》の樹がこの辺には多い。村を通りすぎるたびに楠《くすのき》の茂った農家の溝に黄色い濁り水が溢《あふ》れているのが見える。私たちの車にハネをかけられた学校帰りの子供たちが大声をあげて怒っている。

向うの空は切れ目もなく、ただ灰色に山の上に拡がっていた。雨が当分やみそうにもない。山に入ると、この辺は季節が早いのか山毛欅《ぶな》や漆の新緑は濃い緑に変るところである。雨の中を鶯《うぐいす》の声が遠くできこえた。

「お尻が痛いわ。道はここしか、ないのかしら」

「ないらしいね。お祖父さんも親爺も長崎から三代田に戻る時はこの山道を通ったんだろうな」私は窓から外を眺めながら「それにここは俺たちの御先祖さんが何代も往復した道だよ」

両側からかぶさるように枝をのばした樹木の間から霧が流れてくる。霧はむこうの道を下の谿《たに》にむけて動いていく。そしてその霧の幕を幾つか通りすぎた時、突然、暗い海が遠くに見えた。海は灰色で、陰鬱で、海岸にそって押しつぶされたような黒い聚落《しゅうらく》があった。

「あれなの」

「いや、ありゃあ、暗崎と言います」運転手は首をふった。「三代田はその隣ですたい」

自分の故郷などにはあまり関心もなく今日まで過してきたが、今、霧のわれ目から灰色の海と雨に濡れた聚落を見おろすと、私は胸が一寸、疼《うず》くような感じに捉えられた。自分と血のつながった人間が何代もこのあたりに住みついていたのである。どんな顔をしてたのか、どんな生活をしてたのか、知ることができるならやはり知っておきたいような気持もする。ともかく、私のなかにもここに住みついた祖父やそれ以前の先祖の血もまじっているわけだ。

暗崎村に入ると魚の腐った臭いと泥の臭いがした。子供をだいた女が戸口にたって自動車を見つめている。海が荒れている。その荒れた海で、一艘《そう》の漁船が上下にゆれながら漁をしている。

「教会がある。こんなところに」

村はずれの海に面した黒い絶壁の上に十字架をつけた建物が見えた。

「旦那さん。このへんは、教会がある村が多かとですよ。信徒が多かですから、五島に行けば教会だらけですたい」

「運転手さんも信者さんかね」

「わしが……」運転手は帽子をぬいで、額の汗をふきながら恥ずかしそうに笑った。

「わしあ、違いますばい」

海の音がここまで聞えてくる。村は雨に降りこめられて静かだ。道を歩いている人影もない。運転手が薄暗い雑貨屋の中で伯父の家をきいてくれている間、私は車の窓から背後の山の斜面にまで散らばっている農家を眺めていた。先程の暗崎村より戸数も多く、ずっと裕福な感じがする。押しつぶされたような藁葺《わらぶき》の家のかわりに瓦屋根の家が多い。テレビのアンテナも沢山、見える。

「わかりましたよ。ばってん、自動車は奥まで入らんごたってですよ」

車を捨て、雑貨屋で借りた一本の傘をさして、妹と村の中を歩きだした。夏蜜柑《なつみかん》を植えた農家の石垣から雨が小さな滝のように落ちて地面は水びたしだ。どこかの家から歌謡曲が聞えてくる。妹は裾をからげて石段をのぼりながら、道の悪さをしきりにこぼしている。

伯父の家はすぐわかった。地主だからさすがにまわりの家とはくらべものにならぬほどよい。大きな門から玄関までの路には夏蜜柑の樹が白い花を咲かせている。玄関の前によごれたワイシャツを着た男が胡散《うさん》臭そうにこちらを眺めながら立っている。東京から来た甥だと言うと、眼鏡を指さきであげてじっと見つめてから、

「東京から……。そりゃ、御苦労さんでござんした。さあ、上って下さい。奥ん方へ上って下さい」

妹が玄関で濡れた足袋を新しいのとはきかえている間に奥に連絡に行ってくれた。家の中はかびくさく、薄暗い廊下に古ぼけたミシンが置いてあった。左の茶の間には手伝いにきた村の女たちが二、三人、茶菓子を盆にもっていたが、私たちを見ると、あわてて身仕舞をただし丁寧に頭をさげる。さっきの男につきそわれながら廊下に出てきた伯母は喪服ではなく不断着のままで、

「来るんなら来っと、電報でもうっておいてくれればよかったに」

と呟《つぶや》いた。一昨日、既に通夜をすませて、昨日の夕方、神浦の火葬場まで運んだのだと言う。

「本当に何もお手伝いできなくて。親類じゃ、誰か来ましたか」

「いや、誰も来んよ」伯母は「みんな村ん衆たちがしてくれたけん。江口とこも忠男とこも、だあれも来ん。生きとる時は、伯父さん、伯父さんと言うとったくせに」

「伯母ちゃん。誰だって、自分たちのことで忙しいもの」妹は私の顔をちらっと見た。「うちでも子供が少し病気だったのよ。でも、他ならぬ伯父さんのことですからねえ……」

「まあ、あんただけでも。焼香をしてやっとくれ」伯母は機嫌をなおして「組合ん人たちが今までずっと来てくれてたんじゃけん」

香のにおいは廊下にまで漂っていた。暗い部屋のなかに陰気な仏像のように坐った男たちが顔をあげて私たちを見つめた。伯母が東京の甥だと紹介すると、一番上席にいた和服の男が立ちあがり席をゆずった。三代田の農業組合の幹事だそうである。

その農業組合から贈られた花の横で黒ぶちの額の中で伯父は笑っている。伯父はいつも笑ってから人の顔色をうかがう癖があったが、写真の顔もそんな笑いかただ。私のあと妹が眼を伏せ、その写真に手を合わせると男たちの鋭い眼が彼女の白足袋にじっと注がれた。私は組合の人たちに礼をのべたが、みなは黙って頭をさげただけである。親戚のくせに葬式にも遅れ、通夜もそのほかのことも人まかせにしたことを非難しているよ

うな表情だった。さきほどのワイシャツ姿の男がとりなすように、

「雨ん中を遠か東京から来られて大変でありましたろう。こちらは始めてですか。私は暗崎の小学校に奉職しとります松尾と申します」

「父が養子に行ったものですから」私は弁解をくりかえした。「私たち兄弟の本籍はここじゃないんです」

話が途切れ、座が重苦しく沈黙に戻った。私は部屋を出て茶の間で村の女たちを指図している伯母に香典を渡し、農業組合や漁業組合に親類の名で酒でも届けておこうかと訊ねた。

茶の間には伯父がうけた表彰状や、いろいろな記念の写真が額に入れられて飾ってあった。伯父はむかし西部軍司令官からもらった手紙を表装して嬉しそうに東京まで持ってきたことがあったが、その癖は生涯なおらなかったようだ。

「先生には、私も、えらく面倒みてもらいましたけんね」

いつの間にかうしろに来た松尾は私と一緒にそんな額を見あげながらお世辞を言った。

「あの写真は」

「あれですか。この三代田をば進駐軍用の海水浴場にすっごと、先生は案を立てられましてな。長崎のアメリカ軍人と親しゅうされとりましたからその時の写真です」

写真の中でも伯父は若いアメリカの将校たちと肩を組んで麦酒《ビール》のジョッキをあげて笑っている。人の顔色をうかがうようなつくり笑いを頰にうかべて、いかにも狎々《なれなれ》しく、将校の肩に左手をかけている。松尾の話によると海水浴場は三代田にはできなかったが、伯父は長崎の進駐軍の好意に感謝するため、彼等の子供を三十人ほど夏休みに無料で魚つりに呼び、そのニュースは長崎新聞にも掲載されたそうだ。

写真の横には、長崎ライオンズ・クラブの表彰状もあった。ライオンズ・クラブとはロータリー・クラブと同様に米国に本部をおく親睦団体である。父が死んだ後、上京してきた伯父からこのクラブの話をきいたことがある。日本の地方都市にもこのクラブの支部がそれぞれ結成されて、土地の有力者や会社社長などでないと、入会できないのだそうだ。会員はたがいに、田中ライオンとか、山本ライオンというような呼び方をするのだと伯父は得意そうに説明した。

「じゃあ、伯父さんも、和泉《いずみ》ライオンと呼ばれているんですか」

「もちろんさ」私の苦笑に気がつかず、彼はうなずいた。

「この間も長崎でな、盲人のために進駐軍家族の慈善バザーがあったが、そげん時も、わしたちが後援したわけよ」

雨はやっとやんだが、軒からはまだ雨水が流れていた。縁側から若葉の強いにおいが流れてきた。

「何日ぐらい、ここに御滞在でしょうか。夏なら水遊びができましょうが、こげな辺《へん》鄙《び》な所にゃ、見物するとこがございまっせん。なんしろ、役人の眼を逃れて切支丹が住んどった地方ですけん」

「教会があるのですか。ここに」

私はさきほど暗崎の海岸で波に洗われた絶壁に教会が建っていたのを思いだした。

「なに。ここにあ、まったくなかとですよ。三代田はみんな仏教徒ですたい。暗崎や出津はカトリックの信徒のほかに、かくれもまだ残っとりますたい」

土地の者が今日でもかくれと呼んでいるのは禁制時代にひそかに基督《キリスト》教を信仰してきた連中のことだそうだ。その基督教も祖父から子にと伝えられるうちに、いつか本来のものから離れた宗教になってしまった。明治以後、彼等の半分は宣教師たちの奨めでカトリックに復帰したがあとの半分は今日でも自分たち祖先の教えた宗教を守っている。

「すると、かくれは暗崎や出津に行けば会えるわけですか」

「会うても、向うは警戒しよりまっしょな。いつでしたか、NHKが写真ば撮りに来たですばってん、無駄足ふんで戻りましたよ。五島のかくれは親切に話してくれるちゅうが、あそこには船が日に二度しか出ませんからなあ。暗崎のかくれは貧農で、聞きわけがありませんですたい」

松尾の口ぶりから見ると、かくれはこのあたりでも一種、特別な目で見られているらしかった。

妹が女たちを手伝って夕食の支度をしている間、私は小学校教師と葬式で世話になった家々に挨拶に行くことにした。

「こりゃ、伯父さんの下駄じゃったばってん」

組合や村の集会がある時、伯父がいつもはいていった下駄を伯母は玄関に出してくれた。

「脂足の人じゃったから……ほら、こげん足のかたがついてしもうて」

伯母の言う通り、鼻緒の横に黒ずんだ足指の痕がついていた。両足とも親指の痕がゴム印でも押したようにはっきり残っている。そう言えば父の下駄にいつもこんな痕があった。私の下駄だってそうである。息子も買ってやったばかりの運動靴に足の痕をすぐつける。

「かるそうな下駄だな」

「桐じゃけん」

この下駄をはいて、村の組合や役場をこまめにまわっている伯父の姿が眼にうかんだ。

あっちで、やあ、と手をあげ、こっちで皆の挨拶をうけ、得意になっている顔が眼にうかぶようだ。

「先生は誰からも好かれる人格者でありました」

松尾は村におりる途中、伯父のことをまたほめた。雨はやんでいたが、まだ空は曇り、海の方角にちぎれた黒雲がゆっくり流れていく。雨あがりの静かになった村に、波音が先程よりはっきり聞えてくる。畠の臭いが漂い、その芋畠の間に濁った水が勢いよく流れている。ここが私の故郷である。長崎県西彼杵郡、三代田村。戸数、百九十戸。暗崎や出津はもっと少ない。百戸ほどだそうだ。

「かくれは一人もおりませんか」

「おりまっせんな。三代田もむかしは切支丹信徒の村だったちゅうそうですが、御禁制が布告されると、村民みな仏教徒になったそうですから」

「なぜでしょう」

「さあ。理由ちゅうもんは、なかでしょう」松尾は当り前だと言うように「なんしろ、切支丹は御禁制じゃったけんな」

「私の家……いや、和泉の家も、その時、切支丹から仏教徒に変ったわけですね」

「もちろん、そうでっしょ。和泉先生のお家は昔、庄屋職もしとられたと聞いとりますから、一番先に宗門改めをなさったんでしょ。そんおかげで三代田は他の村より年貢を減らしてもらったんじゃけんね」

「年貢を減らしてもらったのですか。なるほどねえ。じゃあ拷問なんか受けなかったのですか」

「誰がですか」

「当時のここの人たちですよ。切支丹であるために拷問にかけられて、それで改宗したと言う話はありませんか」

「さあ、知らんですばい」

松尾は少し不機嫌な表情をみせた。農家の溝に子供たちが石を投げている。蛇が流れてきたのだそうだ。松尾はその子供たちの名を呼びすてにして、

「東京から来られたお客さんが、今、行くからと母ちゃんに言うてこい。走って。走って」

私たちがまわった五、六軒の家はどれも同じ造りで薄暗い土間に鍬《くわ》、鋤《すき》がおかれてあり、モンペをはいた女が夕飯の支度をしていた。訪問した家はほとんど島田か和泉という姓である。

「伯父の家と同じ名が多いですなあ」

「田舎じゃみなそうですたい」小学校教師は笑った。「昔しゃ同じ血だったんでしょ。あんたもあん人と親類といえば親類だったんですよ」

そう言えばやはり和泉という一軒の農家をたずねた時、入浴していた老人が急いで前をかくしながら土間のかげから嫁を呼びにいった。さすがに体は陽にやけていたが、みにくく肋骨のういた胸や少し猫背の背中が私には父の体つきを思い出させた。

「寺にゃ、いかれますか」

「いや、それは明朝、妹と挨拶に伺いますから」

村の雑貨屋で松尾に別れた。松尾は雑貨屋から借りた自転車に乗って水溜《みずたま》りの光っている夕暮の路を去っていった。段々畠の斜面に立つと、さきほどまで灰色だった海は、少し黒ずみ、農家の中にはもうあかるい灯をつけた家もあった。手前の家では開け放した障子の内側で、二、三人の子供がねそべってテレビを見ている。昨日、通りすぎた暗崎村はみじめで貧しそうだったが、この村にはどことなく生活のゆとりがあるようだ。むかし、切支丹禁制が布告されると、すぐ改宗したため、年貢を軽減してもらった村だ。私の先祖もおそらく長崎奉行所から来た代官の前で笑いをうかべ、今、私がたずねた農家の祖先たちと一緒に踏絵に足をかけてしまったのだろう。

だが、考えてみると三代田はころんでしまった者たちの村である。拷問を恐れて棄教した者をころび者と言うが、この村はころび者の村だ。父も伯父もこの村で生れたのだし、二人の血は私の体にも流れている。そしてもう一つの血は自分にはないのかもしれぬ。その血とは西坂公園の記念館でみた野良着についた血である。肩から背中にかけてあの野良着には錆色になった染みが残っていた。

晩飯のあと出津の組合の人たちと二、三人の女が線香をあげに来た。松尾も暗崎のカトリック司祭をつれてきた。司祭は伯父の写真の前で十字を切ってみせたが、伯母も松尾も平気な顔でそれを眺めていた。

「伯父さんのことはよう知っとったですよ。うちの教会にも時々、寄ってくれて、地所の相談にのってくれよりました」

五島の出身だというこの神父は、司祭というより、土地の漁師に黒い服を着せたようだった。陽に焼けた腕をだして、酒を飲み、音をたてて漬物を齧《かじ》った。あけ放した縁側から虫が飛んで来て、漬物の上におちる。蛙の声が遠くから聞える。

「暗崎村のかくれに会いたいちゅうそうですな。松尾さんに頼まれましたばってん、一寸、むつかしかごたっでしょう。会うてみてもなんも話さんとですよ」

「神父さんにもですか」

「ああ、私らカトリックにたいしちゃ、かえって警戒しよりますたい。こっちが布教に行っても自分たちゃ別の宗教じゃけんと言いよりましてな。そりゃ頑固なものですけん、お話になりまっせんばい」

さきほどの松尾の話と同様、この神父の言いかたにもかくれを軽蔑するような調子があった。かくれたちは仲間のあいだで司祭の役をする「じい役」、洗礼を赤ん坊にさずける「水方」、葬式をあずかる「看坊役」をきめ、復活祭やクリスマスの日には一軒の家に集まり、そっとオラショと称する独自の祈りを唱えて、カトリック教会には寄りつかぬそうである。

「そいですけん。もう私らは放っとりますたい。ああいう頑固さは手のつけようがありまっせんばい」

それほどの頑固さがなければ長い切支丹禁制時代に自分たちの宗教をひそかに守りつづけられなかったのだと私は思った。

「ここの人たちには」私はうつむいて呟いた。「そんな、強情さは、ない」

「ああ、三代田の人はものわかりがよかですよ。伯父さんなんぞは話のよう、わかる方だったすけんな」

伯父は話のわかる人だった。さっきも隣の部屋では出津の組合の人たちや村の女が長い間、彼の写真の前に坐っていた。田舎の律義な風習だろうが伯父は生前から誰にも嫌われないように努めたにちがいない。それは彼の弱い性格から生れた保身術だったのだろう。父が死んだ時もみなは故人のことを義理がたい人だったと言った。だが父は臆病だったから他人にも自分にも慎重だったのだ。

神父と松尾とが帰ったあと、私は妹の寝ている部屋に入った。妹は布団から顔を半分だして、

「田舎はくたびれるわ。疲れているのでかえって眠れないの」

「俺の寝巻、どこにあるのかな」

「枕元よ。躓《つまず》かないでね」

電気をけすと、妹はしばらく黙っていたが、突然、

「ねえ。伯父さんの土地、誰がもらうのかしら」

「そりゃ、伯母さんだろう」

「伯母さんが死んだあとは、私たちのものにならないかしら」

闇のなかに、私たちのものにならないかしらと言った妹の今の声がいつまでも残っているような気がした。

「そんなこと、俺は知らんよ」

「だってここには子供がないんだから、血つづきの私たちのものだと思うのよ。なんと言ったって血がつながってるんですもの」

「そうだ。血はつながっている」

翌日、長崎の宿屋に戻った時、天気はもう恢復《かいふく》していた。帰りの飛行機の切符はとれなかったが、妹は汽車ででも帰りたいと言う。留守宅が気になって仕方がないらしい。

「兄さんは」

「俺？　俺はもう一日、残ってみる。せっかく此処《ここ》まで来たのだから、少しは見物しておきたいよ」

寝台券は手に入ったが、彼女の乗る汽車までまだ時間があった。つれだって街までおりてみると繁華街のあたりは修学旅行の高校生たちを乗せて貸切バスが幾台も並び、教師に引率された生徒たちが土産物屋や長崎名物のカステラ屋を覗いている。

私たちも彼等と同じように眼鏡橋や崇福寺《そうふくじ》やオランダ坂を歩きまわったが、どこも高校生と新婚の客でいっぱいだった。

「かなわないわねえ。もう戻りましょう。これじゃ見物じゃなくて、疲れに来たようなもんだから」

大浦天主堂の前にも自動車とバスと制服の生徒たちが集まっているのを見ると、妹はうんざりしたようにハンカチで胸もとに風を入れながら溜息をついた。

「父さんが生きていた時、言ってたじゃないの。茂木《もぎ》の照月亭という店の魚がおいしいって。そこでも行ってみない」

「茂木は長崎じゃないよ。三代田と同じくらいの距離をバスで行かなくちゃならない」

「うんざりね。あたしは木かげで待っている。兄さん、一人で見てらっしゃいよ」

私はうなずいて天主堂の前に並んでいる行列の後尾に立ったが、なかなか進まなかった。ガイドらしい男が行列の人に十六番館にまわった方が得だと奨めている。十六番館はグラバー邸という英人の家にあったものを陳列してある家だそうだ。

切符を買って中に入ると、つまらぬ古家具や洋風の皿が一室に陳列されているだけで、地下には長崎の土産物を売っているにすぎない。

「これだけなの」

出口の女の子に聞くとチューインガムを嚙みながら、

「こっちの部屋に少し、切支丹の遺品がおいてありますけど」

教えられた左の小さな部屋には見物人も入っていなかった。昨日の西坂公園の記念館と同じように錆びたメダイユやロザリオが並んでいる。私は硝子ケースの前をほとんど素通りしながら、急に足をとめた。銅牌《どうはい》をはめこんだ踏絵が一つおいてあったからである。

踏絵は上野の国立博物館で今まで幾つか見てきた。今更珍しいものではない。だがこの踏絵には銅牌をはめこんだ木の板に指の黒ずんだ痕がはっきりと残っていた。硝子ケースに顔をつけるようにして見ると、あきらかによごれた足の親指である。これを踏んだ百姓たちの中にはきっと脂足の者も多かったのだ。私はその銅牌の上に次々とおろされた足を想像した。無造作に踏んでいった足、おずおずとためらった足、その前に立ちどまったまま、遂にこの銅牌を踏むことのできなかった足。

十六番館を出た時、まぶしい陽の束が眼をさした。軽い眩暈《めまい》を我慢しながらバスと高校生との間を通りぬけた。妹はさきほどの木かげでぼんやり立っていた。私はくたびれと共に自分の靴下がべっとりと足裏についているのを意識した。

（一九六四年九月、「群像」）

# 学生

戦争が終って五年目、まだ東京にトウモロコシの茂った焼けあとが見られた昭和二十五年の夏、四人の青年が、仏蘭西《フランス》船の四等で留学することになった。

日本人が外国に行けるなど考えもしなかったあの当時、そんな奇蹟《きせき》が我々にふりかかったのは、Uという老宣教師の懸命な努力によるものだった。中仏のアンジェから来たというこの老人は、戦後の荒廃した東京の戦災地にたってこの計画を心に思いえがいたのだそうだ。そして彼は沢山の手紙を本国に書き、東京から二名、大阪から一名、名古屋から一名の青年を各地の教会を通して推薦してもらうと、第一次大戦の時、負傷した悪い右足を引摺《ひきず》りながら大使館や外務省を歩きまわった。まだ敗戦国の悲しさでヴィザ一つ願い出るにも占領軍の許可がいる時だったからである。そのヴィザが半年たってもおりなかった時、この老神父が、東京から選抜された私と杉野という青年を前にして

「辛抱です。辛抱ですね」と、自分自身を励ますようにうつむきながら呟《つぶや》いていた姿を、私は今でも時々、思いだす。

だが、やっとすべてが片附いて出発することになった。我々の乗る船はメッサージ・マルチーム会社の仏蘭西船で、出航は六月五日の午後二時だった。その前日、私と杉野とは横浜の税関で初めて大阪と名古屋から選ばれた二人の同行者と顔を合わせた。ちょうど霧雨の降る日で、少し早目に行った我々が倉庫の軒下で、足もとに落ちてくる雨の滴の音をぼんやり聞いていると、U神父が彼等を伴ってやってきた。一人は顔に銅貨大のアザのある顔色のよくない男だった。亀の子のように首を前に出し田島という名を自ら小声で名のった。もう一人の男は、頭にポマードをべったりつけ、積木を重ねたような角ばった体を仕立ておろしらしい安物の背広に入れていた。体だけでなく顔も角ばっていた。私は何だか、はじめて背広をきた憲兵の姿をこの青年から聯想《れんそう》した。粕谷《かすや》という名前だった。

その時はまだ知らなかったが、ずっと後になって、あの天正の少年使節たちの記録を読んだ時、私は、当時の自分たちとあの少年たちとが、様々な点で、随分似ているものだなと思ったのである。周知のように天正の少年使節は、当時、日本に布教に来ていたヴァリニャーノという神父が日本の少年に、欧州の文化や基督《キリスト》教会の姿をその眼で見させるためにポルトガルに送ったものだが、その考えは、三世紀のちに日本にやってきたあのU神父の胸に起ったものと同じだったに違いない。U神父はそのために、配給米で腹をすかせた四人の我々を選んだが、ヴァリニャーノもまた九州の各地から戦争で肉親を失った四人の孤児を拾いだしてきたのである。いずれにしろ、あの戦国時代に育った少年たちにとって遠いヨーロッパに行くことは生涯の大事件だったろうが、我々にも、この事は夢のような出来事だったのだ。

留学と言えば聞えはよいが、実は我々の乗ったのは四等で、四等船室とは要するに船荷を入れた船艙《せんそう》のことだった。そこには三段になったキャンバスベッドが、たがいに鎖でつながれて何列も並び、吃水線《きっすいせん》すれすれに丸窓が四つ、便所が一つ。壁には数字と行先とを書いた箱がつみ重なっていた。晴れた日でもそこは暗く、船が南に進むにつれ、じっと寝ていても汗が容赦なく吹き出るほど暑い。波が出ると、キャンバスベッドをつないだ鎖が、歯ぎしりのような音を一日中、鳴らしつづける。

サービスなどある筈《はず》はなかった。毛布も食器も、出航の日、自分で持参しなければならなかった。食事の時間になると、我々四人は交代で、鉄の階段をおり、厨房《ちゅうぼう》からシチューを入れた桶《おけ》と、パンとデザート代りの果物をもらいに行くのである。果物といっても、それはいつも虫の食った西洋梨だった。

四等の船客であるため、最初の日から我々は差別待遇を味わった。船が横浜の岸壁を離れる頃、甲板に並んだ我々の顔に、雨空から黒い雨滴が当りはじめた。自分が濡れるというより、この晴れの日に着てきた一張羅《いっちょうら》を汚すのがいやだったから、私が真中の二等甲板のほうに移ろうとすると、白服を着た大男が追いかけてきて何か大声で怒鳴った。彼の早い仏蘭西語はよく摑《つか》めなかったが、要するにお前などはこちらに来るべき船客ではないと言っているらしかった。

怒鳴られたのはこれ一回だけではなかった。厨房に食事を取りに行く時、箱の中に放りこんである梨を杉野とえり分けていると、ソースでよごれた前掛をした肥っちょが怒鳴った。私と杉野とが厨房の何かを盗むと思ったらしかった。彼の怒鳴り声にジョンヌ、ジョンヌという言葉が何回もまじった。黄色人の奴という意味である。

船というのは一種の国家であり、一等、二等のキャビンを本国とするならば、四等は植民地だと言うことを知ったのはその時である。そして、私たちは白人とか有色人種とかいう人種差別の問題にもまだ馴れていなかった。自分が黄色人だということを言われ、それによって侮蔑《ぶべつ》的な言い方をされたのもこの時が最初の経験だった。

「憶《おぼ》えてろ。あの野郎、のしてやる」

腐った梨を齧《かじ》りながら私と杉野とは甲板の上で肥っちょのことを罵《ののし》った。罵ったからと言ってどうにもなるわけではなかった。肥っちょの腕には錨《いかり》の入墨があり、その腕は大木の根のように太かった。

一、二等の船客たちのいる世界にはバーがあり、プールがある。こちらのほうから眺めていると、小麦色に焼けた裸体を水着につつんだ白人の男や女が、デッキゴルフをしている姿が時々見えた。夜になるとバーには東洋風の提燈《ちょうちん》の灯がともり、笑い声と音楽が風にのってながれてくる。それはペンキと機械の臭いがこもり、一日中、キャンバスベッドの鎖が歯ぎしりのような音をたてなっている空虚な我々の場所とはあまりに違っていた。私たちは甲板で膝小僧をかかえ、向うの別世界をじっと眺めていた。

戦犯国の青年だったから、最初の寄港地、香港《ホンコン》でも降ろしてはもらえなかった。香港だけではなく、これからマルセイユまで寄港する沢山の港でも、それが仏蘭西の植民地でなければ、我々は船艙のなかでじっと待っているより仕方がないのであった。

香港についた朝は横浜を発った午後と同じように雨が降っていた。雨の波止場で色彩の派手なスカートをはいたスコットランドの兵隊たちが並んでいた。軍楽隊が笛や太鼓をならしてその兵隊たちを送っている。我々の船から一、二等の客を乗せたモーターボートが次々とその波止場に向っていく。香港がこんなに美しい都会だとは我々は知らなかった。それは焼けただれ、バラックと急造の建物しか並んでいなかった日本の都会しか知らぬ我々が初めて見る外国の街だった。

「降りてえなあ」

と杉野は甲板に凭《もた》れて言った。私も同じ気持だった。

天正の少年使節の記録は多いが、そのなかでも有名なのはフロイスの「使節行記」と帰国した彼等の談話を集めた本とである。「遣欧使節見聞対話録」という後者の書物は、伊東マンショ、千々石《ちぢわ》ミゲル、原マルチーニユ、中浦ジュリアン、四人が友人たちに自分たちの見たものを語りきかせるという対話風の本だが、いずれにしろ天正の四少年たちは、昭和二十五年、同じように船に乗って同じように西へ西へと進んだ我々とはちがって、同行の外人をして「謙遜、実直、比類、稀《まれ》であった」と感動させるほど立派な子供たちらしかった。私は、その本のなかから、彼等が出発してマカオに行くまでの思い出を抜き書きしてみよう。

「一五八二年二月二十日、神に導かれ我々は親交と愛情との大いなる鎖に結び合わされつつ、イヴナス・デ・リマ号に乗船した。さて帆を上げて沖に出て、愈々《いよいよ》、支那国マカオに航路を取ってから、次第次第に揺れ動く海の不快さを経験することになった。船は決して小さいものではなかったが、吹きつのる風につれて、海と波の湧立つ結果、時には跳ね上るとさえ思われるほどであった。船酔いは重苦しく胃を虐《さいな》み、食慾は全くなく液が胃や内部の色々の部分から出て、最も苦しい時には、胃液のみならず五臓も吐き出されるのではないかと思われた。すべてこういう事に我々は苦しんだが、伊東マンショのみ、平気で、幾分の眩暈《めまい》に悩まされながらも他の苦しんでいるのを嗤《わら》っていた。

だが三日目、風も凪《な》ぎ、波も鎮まりはじめた。神はこの変化によって我々に人生の悦びと苦しみとは相つながるものであり、不幸も決して真底まで厭《いと》うべきものではなく、また幸福も我々の心を全く惹《ひ》きつけるべきものでないことを教え給うたのであった。出発後十七日目、我々はこの地方に無数に横たわる支那国の島々を眺め、三月九日、マカオの港に入って、総督、知事、パードレを始めとする万人の歓呼の裡《うち》に迎えられたのである」

少年使節たちが味わった東支那海の船酔いにも我々もかなり苦しんだ。特に四人のなかで一番乗物に弱い私は、四日目の朝からキャンバスベッドに体を海老《えび》のように曲げたまま、唸《うな》りつづけていた。田島も杉野も私ほどではなかったが、食事もほとんど取らず、ただじっと横たわっているだけだった。船艙の油とペンキの臭いが、その船酔いにかさなり、窓の中で黒い海が左右に傾いていた。便所に行くと、少年使節たちの言うように「五臓も吐き出されるのではないか」と思ったほど苦しかった。そしてただ一人、元気なのは粕谷だけで、我々の眼の前で、持参したスプーンの音をたててシチューを食べ、パンをたいらげていた。シチューの臭いが私をむかむかさせた。

「何も見せつけなくたって良いだろう」同じ思いの杉野がキャンバスベッドから怒鳴った。

「食べるなら甲板に行って食べてくれよ」

乗船した時から私も杉野もこのポマードをべっとり頭につけて、頑丈そうな体を着馴れぬ背広につつんだ粕谷が気に入らなかった。人間には理由があるわけではないが、生理的にどうしても嫌いな他人があるらしい。体も腭《あご》も四角く張って皮膚の色が里芋をむいたように白く、そのくせ、眼の細い粕谷は私の最も嫌いな顔を持っていた。私がそれを杉野に言うと杉野も同感だと答えた。

「それに、あの野郎、気障《きざ》ったらしくよ、会話のなかに仏蘭西語を入れやがって」

「聞けば海兵あがりだって言うじゃないか」

つい、この間まで戦後の大学生だった私たちには、陸士や海兵から来た連中を、ただそれだけで不愉快な人種だと思う気持があった。戦争が終ると急に普通の大学に転校してきたその神経も癪《しゃく》に障っていた。温和《おとな》しい田島は別として、同じ東京の大学を出た私と杉野とは、この粕谷を最初の日から不快な眼で眺めていた。

「見せつけてるわけじゃないよ。ただサ、このくらいの波で参るなんて、だらしないと、ぼくは思いますがね」

粕谷は我々にはとりあわず、そのくせ頑固に自分のキャンバスベッドに腰をかけ、わざとスプーンの音をたてながら食事を続けた。それから見せつけるようにバンドをゆるめて、

「甲板で体操でもしてきますか。一寸《ちょっと》した船酔いなんて、海風に当り波を見ていれば直るもんですがね」

「こっちは海兵出じゃないから、参るのは当り前だろ。放っといてくれ」

「へえ。海兵じゃ船酔いぐらいで寝かしてくれませんけどねえ」

普通ならばおそらく何でもない言葉も、粕谷の口から出ると、厭味《いやみ》にも皮肉にも聞えた。その上、乗船してからまだ四日しかたっていないのに、我々の神経はいらだっていた。いらだっている神経を、一日中、鳴りつづける歯ぎしりのようなキャンバスベッドの鎖の音が傷つけた。

「田島さん。ぼくは悪いけど、あの粕谷とは気が合わんですよ。あんたはいい人だけどさ」

杉野は一つ上の段で横になっている田島に声をかけていた。

「だから今後も、あいつとは行動を共にしたくないので」

「でも折角、一緒に行くんですからねえ……」

少年使節たちとはちがって、我々はこうして旅の初めから仲間割れをしていた。田島に関して言えば、彼は我々二人と粕谷との間に入って、気の弱そうな表情で絶えず当惑していた。彼は大阪の大学の工学部を出たにかかわらず、渡仏する目的が、私たちとは全く別だった。田島は大学に留学するのではなくボルドオのカルメル会の修道院に入るのだった。私は彼に何となく好意をもっていた。いつも疲れきったような顔をもったこの男は、本を読むか、ラテン語の勉強をしていた。俗世間を棄てて一生を修道生活に送る彼は、偶然、私と同じ年齢であり、誕生日も一週間とちがわなかった。

「偉いなあ、あんたは」

ある夜、甲板で、ふと、一人、ロザリオをまさぐっている彼を見て私はそのそばにしゃがんだ。彼のその時の姿はひどく孤独にみえた。水平線も海も真黒にぬりつぶされて見わけがつかず、甲板においてある幌《ほろ》だけが海風に大きな音をたてて鳴っていた。

「どうして、そんな気になったんですか。俺にはとても歩けない人生だけど」

田島は照れくさそうに微笑した。

「失恋でもして、そんな決心をしたんですか」

「そんな……君。ぼくには」

彼は自分が大学時代、風邪で寝ている時、姉の本棚にあった聖テレジアの一冊の本が自分の生涯をこうしてしまったのだと言った。そう言われても、私には、彼の決意の理由が一向にのみこめなかった。

「偉いなあ。あんたは」

私はただ馬鹿のように、偉いなあ、偉いなあと連発するだけだった。

「我々は先にものべたごとくマラッカの町に八日間滞在して元気を恢復《かいふく》した後、ふたたび同じ船に乗りこんで出発した。だが、この新しい航海で我々を最も苦しめたのは暑気と無風と病気とである。港を出てやや進んだと思う頃、風は落ち、海は静まりかえり、空気は燃え、船は進まなくなり、やがて乗客は一人また一人と熱病と烈しい下痢とにかかりはじめた。なかでも伊東マンショの苦しみは烈しく、一時は一同もその生死を諦めたほどである。だがヴァリニャーノ神父は日夜、このマンショにつきそい、実の父親のごとく言葉を尽して彼を励まし祈り続けられた。

加えて水が欠乏しだした。人々はもはやマラッカの港に帰ることさえ願ったが、船はその方向にさえ戻ることもできぬ。そよとの風もない毎日、もはや神に祈ることしか手段《てだて》はなく、聖母、聖人の御名を日々一人一人称《とな》えつつその御加護を願った。薬はもはやなく、渇きに苦しむ船員や客の中には海水を飲んで死んだ者さえいたのである。

地獄のようなそんな状態で我々の仲間、伊東マンショが病気から立ち直ったのはひとえに神のお救いとヴァリニャーノ神父の御辛労の賜物《たまもの》だった。神父は夜となく昼となくマンショの傍に附きそい言葉を尽して彼を励まし、その恢復を神に祈られた。マンショもまた必死で神父の言いつけに従い、一度吐き出そうとした食べ物も、師の命令通り飲むことさえ拒まなかったのである。

数日後、漸く僅かな風が吹いた。神はこうした天候の変化によって我々に栄枯盛衰は常に表と裏であり、人生は決して真底まで憎むべきものではないが、また我々の心をすべて惹きつけるものでもないことを教えられたのだ。こうして微風はやがて帆をふくらます風となり、船はセイロン沖まで進むことができたのである。

だがここでも新しい困難が我々を待ちうけていた。コモリン岬の近くで風は逆風と変ったが、船長は判断を誤り、帆をそのまま一杯拡げたまま船を進ませようとした。ヴァリニャーノ神父は危険を感じ、錨を投じて水深を計るよう哀願された。その結果、船がまさに十五ウルナしかない浅瀬に乗り入れていたことがわかったのである。

我々は神父の指図に従って、船をおり、島で一夜を送ることにした。その一夜に風と鋭い岩のため錨綱が切れ、船は押し流された。

我々は陸路を選ぶより仕方がなかった。それからは、昼は徒歩、夜は土人の担ぐ舁輿《かきこし》に乗り、一日三十哩《マイル》の行程ときめてゴアに向うことにした。ゴアで我々はイエズス会のパードレたちの歓迎をうけて滞在したが、神父たちから、連日、歴史と音楽を習い、ラテン語の研鑽《けんさん》と祈禱《きとう》は、日夜、欠かさなかった」


天正の少年たちと違い、私たちのほうは一日中、甲板で芋虫のようにごろごろしながら、本一冊も読まなかった。船が南にくだるにしたがい、船艙のなかは暑さでたえがたく、甲板は強烈な日差しが真白に反射し、ラテン語の勉強や祈禱どころではなかったからである。私と杉野とは、ほとんど一日中、自分たちを馬鹿にしたこの船の白人やコックや海兵あがりの粕谷の悪口を言いながら時間をつぶした。海は南支那海とはちがって穏やかだったが、何しろ退屈でたまらなかった。一日中、島一つみえずどこまでも海が拡がり、はじめのうちは波間を飛ぶ飛魚も珍しかったが、間もなくそれにも飽きたのである。一等や二等の船客にはデッキゴルフやプールがあったが、船艙の乗客である私たちには、そんな娯楽一つも与えられていなかった。

少年使節も苦労したか知れぬが、こっちだって敗戦国の留学生なりの惨めさはたっぷり味わっていた。私たちが、夜以外はできるだけ自分のキャンバスベッドに戻らなくなったのは、香港から老若男女とりまぜて二百人ほどの中国人移民が乗りこんできたからである。彼等は行李《こうり》や古トランクをぶらさげて、船が出航する一時間前に、巣をこわされた蜂のように喚声をあげながら雪崩《なだ》れこんできた。汗と煙草の臭いとが、たちまちにして船艙に充満し、子供の泣き声とそれを叱る母親の声や我々には理解できぬ中国語があちこちから絶えず響いた。とりわけ私たちを閉口させたのは彼等が果物の皮や紙屑《かみくず》をあたり構わず棄て、唾を平気で床に飛ばすことだった。一つしかない便所も誰かがそこに厚紙を放りこんだらしく、穴が詰って、船がゆれる時、汚水がこちらまで流れてきたことさえあった。

今、考えるとおかしいが、私たちがそんな中国移民たちに清潔にしてくれと言えなかったのは、心に戦争に負けた日本人という気持があったからである。戦後五年間、私たちは進駐軍の兵士や第三国人の前で怯《おび》え、卑屈になる習慣がすっかり身についていた。

香港を出て二日目の夜、私たちと粕谷との間にまた口論が始まった。手鼻を所構わず飛ばす一人の中国青年にたまりかねて日本語で「バカヤロウ」と怒鳴った杉野に、粕谷が日本人はそんなことを言う権利はないのだと言ったからである。

「なぜ、いけないいんだよ。共同生活じゃないか」

杉野は食ってかかったが、粕谷は、

「ぼくらは、この人たちの家を焼き家族を殺した日本人じゃないか。だから、この人たちの前ですまなかったと謝罪文を読みあげるべきだと思うんだ」

と言いはじめた。それから杉野と粕谷との間に烈しいやりとりがあった。杉野はそういう発想法をする粕谷を偽善者だと罵り、私もそうだ、そうだと同調した。粕谷は拳《こぶし》をにぎりしめ蒼白《そうはく》になって直立していたが、急に身をひるがえして夜の甲板に出ていった。その間、おろおろしていた田島があとを追い、まもなく戻ってきて、粕谷は甲板にもたれて黒い海にむかって泣いていたと言った。

船がフィリピンのマニラ湾に入った時、ひどく惨めな思いをした。夕暮でマニラ湾の空は血を流したような夕焼けに染まっていた。だが、間もなく私たちは前方に林のように沈んでいる何かを見た。

その何かはすべて、日本軍の輸送船の残骸だった。茜色《あかねいろ》の光に染まった広い湾の中で、その残骸はマストを突きだし、錆《さ》びた横腹を死んだ魚のようにむき出しにしたまま横たわり、私たち四人の日本人留学生はただ茫然として、「むらさき丸」「愛国丸」「あけぼの丸」と船腹にかすかに残っている船名を眺めていた。

船が沖で停止してから、しばらくして、ラウドスピーカーが、我々四人の名を呼んだ。

甲板に整列しろと言うのである。やがてフィリピンの国旗をつけたモーターボートから、二人の兵士をつれた将校が乗船してきたが、彼は甲板に一列に並んだ私たちの前にたって、長い長い間、一言も物を言わず睨《にら》みつけていた。背のひくい精悍《せいかん》な顔をした男だったが、私は今日まで、これほど憎しみと軽蔑とをこめて外人から睨みつけられた経験は他にない。彼は最後に部下に命じて集めさせた我々のパスポートを、穢《きたな》いものでもさわるように持って甲板から消えていった。

つづく二日間、船がマニラを出るまで我々は船長の命令で甲板に出られなかった。日本人が乗船していると知ったならば、フィリピンの人夫たちが何をするかわからぬと言うのである。六月のマニラの暑さを、暗い埃《ほこり》っぽい船艙のなかでじっと耐えているのは実に辛かった。人夫たちは船艙のなかに次々と船荷を落し、そのたびごとにキャンバスベッドの回りまで埃が舞いこんできた。

「三月九日、赤道を越え、サン・ローレンソ島を過ぎる。喜望峰《きぼうほう》を通過したのは、基督御昇天の日、五月十日である。我々は甲板《ワランダ》に集まり、ミサをあげ主に感謝と加護とを祈った。あとは次の寄港地、セント・ヘレナ島まで五百レグワの距離だが、幸い我々の祈りを嘉《よみ》し給うたのか、神は穏やかな日と穏やかな海とを連日、与えられた。今までの苦しい日々とはちがい、我々は毎日、楽しい旅を続けたが、学習と祈りとは決して怠らなかった。だがセント・ヘレナ島は期待に反し、一隻の船も寄港していなかった。我々は島に十一日間滞在し、甲板《ワランダ》から釣りをして興じた。甲板は魚市のように我々の釣った魚で埋まり、後にはそれを島の貧困者に与えたばかりでなくリスボアまで運ぶ計画さえたてたくらいである。

毎日、ミサはたてられたが、出帆の日、この島の教会に我々は持参の日本紙に日本字で自分たちの旅の由来を書き奉献した。

六月六日、セント・ヘレナを出帆、リスボアに向う」

マニラからシンガポール、シンガポールからスエズ運河と、私たちも航海に次第に馴れてきた。特に中国人移民がシンガポールでおりると、私たちはまた空虚な船艙のなかで、キャンバスベッドをつなぐ鎖の鈍い音をききながら眠り、甲板で食事をした。粕谷と我々とはもう口もきかなくなり、彼は勝手に船員たちのところで日を過し、夜まで船艙には戻ってこなかった。

田島は我々が寝る時刻頃、必ず甲板の隅に行って、一人で義務祈禱をやっていた。彼の話によると、カルメル会に入る者には欠かしてはならぬ日常の祈りが幾つもあるのだそうだ。

私はなぜか田島が好きだった。その好意のなかには、私と同じ年齢で私と同じように不器用で体も強くなさそうな男が、すべての人間的欲望を棄てて一生を神に捧げたことにたいする驚きが含まれていた。

夜ふけ、少し眠ったあと、暑さに耐えきれず私が誰もいない甲板に出ると、まだ祈っている田島の姿だけがぽつんと帆柱のちかくに見える。そんな時、私はこれまで幾度もたずねた質問を、彼にまたするのだった。

「どうしてさ、そんな気になったんだ」

こちらの質問がいつも同じなように、彼の答えもいつも決っていた。

「そうだねえ……病気の時、偶然、読んだ小さき花の聖テレジアの本が、そういう決心をさせたんだがねえ」

田島の額には赤黒いアザがあった。何か興奮すると、そのアザの色が濃くなる。私はひそかに彼もまた粕谷を好いていないことを知っていた。粕谷と我々が喧嘩《けんか》をする時、この神学生のアザは一層、赤黒くなったからである。しかし考えてみると粕谷もまた気の毒だった。彼が海兵出だということは、我々の嫌悪の理由にはならなかった。我々が彼を嫌悪したのはその顔だった。四角く骨ばっているのにいやらしいほど生白く、細い眼が血走っている。その顔が不愉快だった。そして我々と話をする時、必ず厚い唇のあたりに浮べるうす笑いも不愉快だった。私は理由もなしにこの男は心の中では本当はいつも淫猥《いんわい》なことを考えているのではないかと思った。

ある夜、私が全く寝られぬために一人、甲板に凭《もた》れて海をみつめていると、突然、背後で靴音がした。若い仏蘭西人の船員だった。横を通りすぎてから、彼は何か思いついたように引きかえすと、私に日本人か、とたずねて、一枚の紙を渡してくれた。その紙は一等二等の船客にくばる船内ニュースで最初の行に「朝鮮にて戦争起る」という仏蘭西語が太く印刷されていた。

朝はやくマルセイユに着いた。船はすぐ波止場には入らず、検疫を受けるために暗い沖あいで停止し、私たち四人は食い入るような眼で、まだ半ば眠っているようなこの街を遠くから眺めていた。起きているのは海岸線にそって点《とも》っている灯だけで、時折、その海岸線を自動車がしずかに走っていった。白みはじめた街の背後に丘と白いバロック風カテドラルがゆっくり浮びあがった。

騒がしい下船が始まった。最初は一等二等の船客で、私たち四人は一張羅の背広に着かえ船艙から甲板まで自分たちの重い古トランクを幾つも運んだあと、迎えに来てくれる筈になっている神父たちを辛抱づよく待っていた。その神父たちがやってきた時、私や杉野の仏蘭西語では彼等の早口の言葉がわからなかった。そのたび毎に、私たちは不安そうに粕谷の顔を見ねばならなかった。船旅の間、我々とちがって船員たちと話しあっていた粕谷はかなり会話に上達していたからである。

神父たちは我々を車にのせ、街のどこかの修道院に連れていった。そこがマルセイユの何処《どこ》にあり、何という修道院なのか我々にはわからなかった。私たちはただ言葉のできる粕谷から離れまいとして精一杯だった。粕谷が右に行くと全員右に行った。粕谷がたちどまると我々もたちどまった。あれほど彼を毛嫌いしていたくせに、今となってこの男に頼らねばならぬ自分が腹立たしく情けなかったが、仕方なかったのである。やがて神父たちはそんな私と杉野と田島とを抜きにして、粕谷と今後の計画を打ち合わせていた。打合せがすむと、粕谷は三人に、

「今日の夕方、ぼくはストラスブルグに、杉野君はグルノーブルにそれぞれ出発する。田島さんは今晩、九時の汽車でボルドオに発って下さい」

それから私の方をむいて、

「君は明日の朝の汽車でリヨンに行くよう神父さんたちは手配している」

船のなかで私は上陸後も杉野とできるだけ一緒にいようと約束していたから、私は不

満だった。杉野も同じ思いらしく、不平そうな顔をしたが、粕谷からそれが神父たちの命令だと言われると、今更、文句も言えなかった。

夕方、先発の粕谷と杉野とが、また神父たちの運転する車に乗せられて出発した。杉野は私と田島との手を握り、手紙くれよな、手紙くれよなと幾度も念を押した。それまで強気だった彼がこの時、迷い子のように心細そうなのが可哀想で、私と田島とは修道院の前にたって、車が消えていくのをいつまでも見ていた。

田島と二人きりになると、今更のように心細かった。与えられた一室で私と彼とは二匹の仔犬《こいぬ》のように体を寄せあい、低い声でいつまでも語りあった。この時、私は初めて彼からこれから入るカルメル会の修道生活のきびしさを聞かされた。

「じゃあ、冬でも一枚の下着とサンダル一つしか持てないのか。それに昼は百姓仕事をするのか」

「うん」

田島は眼をしばたたきながらうなずいた。

「そんなこと、本当にできるの？　あんたに」

「でも、入会を誓った以上、やるつもりだよ」

「そして勉強はいつするんだい」

「二年、それに耐えられたら、初めて正式に学校にやってもらえるらしいんだけど」

小さな部屋の窓がすっかり闇に塗りつぶされた。やがて修道士が来て二人に食事をするように言った。食事をしたあと、彼が田島を駅まで連れて行くのである。

「俺、夏休みか冬休みになったら、必ず君をたずねるよ」

「リスボア港に着いた我々は出迎えの人々の烈しい歓迎を受けながら宿舎のサン・ローケ修道院に入った。道中すべて我々の驚きの種であった。まず第一に我々はこのように大小無数の船の入っている港を日本で見たことはなかった。我々の一人、千々石ミゲルはその船の数を三百まで数えたが、やがて諦めてしまったほどである。その形も姿も色々で、船嘴《せんし》をつけた三階櫂《かい》の船もあれば、細長く船足の速そうな軍艦、重そうな貨物船、それに無数の川船、小舟など、多種多様、我々はただ驚嘆のあまり言うべき言葉を失った。

更に我々は、リスボアのような壮大な都を見たことがなかった。建物はいずれも三層、四層の楼をなして外部を石の柱廊や庭がめぐり、装飾や彫刻のみごとさに腰をぬかさんばかりであった。

サン・ローケ修道院で長かった旅の疲れを癒した後、我々はアルベルト殿下に謁見を許された。殿下は我々のために黒い緞子《どんす》で装飾された馬車を差し向けられ、それに乗って我々はリベイラ王宮に参内した。

殿下は波濤《はとう》万里、あらゆる旅の苦しみに耐えてリスボアに来た我々に特に起立を許され、伊東マンショと千々石ミゲルが日本よりの信書を提出し、それをメスキータ神父が通訳された。殿下は我々に各自の健康や年齢や親族についてお訊ねになり、心からねぎらわれた。

王宮を退出した後、リスボアの大司教を訪問、その邸宅の供覧を許された後、食事を饗応《きょうおう》された。更にサンタ・ローヤ修道院や王立病院を見物、翌日はサント・アンタンの神学校を見学した。サント・アンタンの神学校はちょうど休暇中だったが、神父、神学生は熱烈な歓迎を以《もっ》て我々を迎え、最後には日本の服装を見せてほしいと言われ、そこで我々は携行した和服に着かえて、彼等の前に再びあらわれ、熱狂的な拍手を受けた。

数日後、アルベルト殿下は我々をリスボアに近いシントラ城に招待された。最初の謁見の時、我々は中国の服を着て王宮に伺ったので、この時は和服に刀をおび、日本より持参した屛風類をたずさえて城まで馬車に乗った。殿下は甚だ悦ばれ、我々の服装を讃《たた》えられた後、一振りの刀を手にとられ、つくづくと熟視され、また屛風の絵について事細かに御質問になった。特に捧呈《ほうてい》した銀台つきの盃《さかずき》はすこぶるお心に叶《かな》い、その品質について御下問があった。我々はシントラ城を退出後、ペロロンガ修道院に戻り寝についた」

戦争前はかなりの日本人がいたリヨンの町も、あの一九五〇年には領事館もなければ日本商社も消えていた。私はこの街でただ一人の日本人であり日本の留学生だった。到着した時は、リヨンは沙漠のように空虚で夏休みの大学はまだ閉じられていたから、神父から紹介された仏人神学生について学期が始まるまで会話の勉強をすることにきめた。

グルノーブルに行った杉野からは一週に一度、手紙がくる。彼も私と同じように外人相手の会話学校に通って新学期に備えているらしかったが、ふしぎなのは、私が不安に思っていることを彼も不安に思い、私が失敗したりしたことを彼も同じようにしくじっていることだった。私たちは田島のことを手紙で語りあったが、粕谷のことは意識的に一度も触れなかった。田島はきびしい修院の規則のためであろう、一通の便りもよこさない。粕谷とくるとストラスブルグに行ったことはわかっていたが、向うも梨のつぶてだった。こちらも奴のことは毛ほどの興味もなかった。

仏蘭西の生活にどうにか馴れ、日常の会話なら、さして苦労しなくなった頃、新学期がはじまった。だが最初の講義に出てみると、私は教授の講義がほとんど摑めなかった。

憐（あわ）れに思った仏蘭西学生がその日から私にノートを貸してくれて家庭教師を引きうけてくれた。

私の下宿は皿町という裏通りにあった。昔、ここには皿や陶器を売る店がずらりと並んでいたそうだが、今は三軒か四軒しか残っていない。古ぼけた市電が時折、ひきつったような音をたてて通りすぎるほかは、昼間でもどちらかと言えば暗いひっそりとした通りである。赤い屋根には、いつも鳩の群れが煙突のそばにとまって、咽喉《のど》の奥から寂しい声を出して鳴いていた。夕暮になると、箱型のオルゴールを引っぱった老人がやってきて古いすりきれた音楽を鳴らした。市電の停留所には一人の狂女が雨の日以外は欠かさず立っていた。戦争で恋人を失って以来、頭がおかしくなった彼女は、まだ男が生きていて自分をたずねてくると信じながらああやって停留所に来ているのだと言う話だった。

十月も末になると、リヨンは霧に包まれはじめる。夜、外出から戻ると、一寸先も見えぬほど濃い霧の幕が行手にたちこめていることもあった。その霧を手足ではらうようにして私はベッドと本箱と机しかない屋根裏部屋に裏階段を昇って帰るのだった。

杉野とは船に乗っている時、おたがい、仏蘭西語が上達しない限り、尋ね合わぬ約束をしていた。しかし霧のリヨンで、ほかの日本人と話す機会もなく、たった一人で生活していると、無性に彼の顔が見たくなる時があった。一カ月の船旅で気が合った奴だけに、こう離れてみると余計に、短気だがさっぱりしたその性格が懐かしく思われ、ある日曜日、私は予告なしでグルノーブルに出かけることにした。

スキー客でぎっしり詰り、スチームの熱気がこもった客車で、午後、グルノーブルに着いた。刃物で切ったような山が町のすぐ近くまで迫っている。正ちゃん帽をかぶったスェーター姿の男女がスキー道具をかついで雪どけの町の至るところを歩いている。空は晴れ、左右の土産物屋の屋根から、とけた雪の滴がまぶしい歩道に大きな音をたてていた。すべてが霧に包まれた暗いリヨンとはちがった風景だった。私はここで勉強している杉野を羨んだ。

キャフェから電話をかけると、彼のびっくりした声がはね返ってきた。

「何処にいるの。すぐ行く」

ほとんど半年ぶりで見る彼の顔は、雪やけで陽なたにさらした林檎のような色になっていた。彼もそこらを歩きまわっている男女のように、スキー帽をかぶって、厚いスェーターを着ていた。一緒に歩いている間も、時々、手をあげて、学生らしい青年に挨拶をしていた。

「うまく、行ってるようじゃないか」

私は幾分、羨望をこめてそう言うと、彼は照れたような顔をして、まあな、と答えた。グルノーブルはリヨンよりもはるかに小さな街だったから、二、三時間もしないうちにほとんど見てしまった。美術館やスタンダールがいた家を訪れると、もう行くところがなくなった。

「すまんな、これぐらいの街だよ」

彼はまるで自分の過ちのようにあやまった。

「久しぶりで日本語が話せただけで楽しかったよ」

と私が言うと、彼はうなずいて、

「そうさ。何しろ、頭のなかで考えて、翻訳して話すんじゃなくて、日本語は口から唾のようにパッパッと出るからな」

と答え、私を笑わせた。

リヨンに戻る汽車時間が迫ってきた。駅まで送ってきた時、杉野はしばらく、ためっていたが、不意に、

「俺、段々教会に行かなくなったよ」

「こっちだって」私はうなずいた。「時々、さぼっているけど」

「そんな問題じゃなく、つまり……」

つまりと言って彼は口を噤《つぐ》んだ。聞かなくても、その言おうとする言葉は私にはわかっていた。杉野は私を見ずにホームの端に、じっと視線をむけていた。

「だから、君に手紙を書くのが、段々、辛くなったんだ。嘘をついているようでな」

列車の発車を告げるアナウンスが聞え、彼はさあと言って私の肩を押した。何故《なぜ》と訊ねかけたが私も聞くのをやめた。そんなことは、説明してもらっても、どうなる問題でもなかった。また日常会話の言葉で彼が言えることでもなかった。ただ、その瞬間、私の胸に、我々を仏蘭西に留学させるために努力してくれたあの老いたU神父の、足をひきずった姿が急に浮んだ。悪い足をひきずって、U神父は私と杉野のために、大使館や外務省を何度となくたずねていったのだった。

列車が動きだし、杉野は一寸、片手をあげ、それからすぐ、階段のほうに向って歩きだした。私は少し体を乗りだすようにしたが、彼の背中は柱のかげにすぐ消えた。

その年の冬休みに私は粕谷にも会った。もちろん、こちらがたずねたのではない。向うが突然、やって来たのである。日本でも有名な聖地ルルドに学生の巡礼団にまじって行く途中、彼は寄ったのだった。

その時、私は買物に出かけていた。買物から戻ると門番のおばさんが、仏蘭西語のうまい日本人が来て部屋で待っているよと言った。粕谷だった。相変らず、唇のあたりにこちらを小馬鹿にしたようなうす笑いを浮べる悪い癖を彼はなくしていなかった。駅から真直ぐにここに来たらしく、見憶えのある古い鞄を私のベッドの上においているので、

「ホテルはもう決めたのか」

ときくと、彼は、この国の男がよくやるように、両肩をすぼめ、この部屋に泊るつもりだったのだと、平然と答えた。

「一つしかないんだが。ベッドが」

私はそう断ろうとしたが、彼は、自分は海兵時代、体を鍛えているからどこでも寝られると言う。そのくせ、私が仕方なく門番のおばさんに頼み、マットと毛布とを借りてくるのをじっと待っているようだった。そして粕谷は、私がそうせざるをえないことを予想していたにちがいなかった。

不愉快だったが、一緒に部屋にいたくないので夕方までリヨンを案内した。案内はしたが、粕谷が言葉のなかに仏蘭西語をしきりとまじえるのが、少しずつ神経に障ってきた。仏蘭西語をまじえるだけでなく、身ぶりまで仏蘭西人のような大袈裟な恰好をするので、私は益々、白けた気持になっていた。粕谷は自分がどんなに勉強しているかを得意そうにしゃべり、ある教授に特別に眼をかけられているのだと言った。

「食事にこい、食事にこいといつも言われるので弱っちゃいましてね。ほかの留学生

はそんな招待は受けたことはないんですから」

彼が仏蘭西語を使うたび、こちらはわざと日本語で答え、彼が得意になるにつれ、こちらは意識的に話題を変えた。私は心のなかであのグルノーブル駅で別れた杉野の雪やけした顔と姿を思いだし、あいつのほうが、ずっと純粋だと考えようとしていたが、粕谷は一度も、杉野や田島の名を口に出しはしなかった。

その夜、私が自分のベッドに、粕谷は借りてきたマットに寝ようとした時、下着一枚になった彼が壁にむいて跪《ひざまず》いたまま、

「一緒に祈りませんか」

と誘ってきた。その時、跪いている彼の足が眼に入った。毛のほとんどない太い白い足だった。なぜか生理的な嫌悪感を感じて、私は嫌だと言った。と、彼は壁にむけた顔をこちらに向け急にうすら笑いを唇にうかべた。私はすぐ眠りに入ったふりをしていたが、かなり長い間、祈りの恰好をしていた彼は、やがてこちらに聞えるように、さあ寝るかと独りごとを言って、灯を消した。

翌朝、眼をさますと、何処に行ったのかその姿は見えず、ただその古いトランクは部屋の隅に口をあいていた。歯をみがいていると、肩で息をして、額にべっとり汗を浮べた彼が戻ってきた。

「教会にでも行ったんですか」

幾分、皮肉をこめてたずねると、汗を掌でぬぐいながら粕谷は、駆け足をしてきたのだと答え、洗面をつづけている私の背後に立った。鏡に角ばって眼の細いあの顔がうつった。

「ねえ、どう処理していますか。君」彼はそのままの姿勢で突然私にたずねた。「あのこと」

「何をですか」

「性欲だけど」

私は口の中の水を洗面台に吐きだした。同じ質問を杉野がしたならば、私は仲間同士の気やすい気持で返事をしたろう。しかし、粕谷からこの質問を受けた時、私は身震いしたいほど不快感に襲われたのである。

いつまでも黙っているので、粕谷は自分から告白した。

「ぼくは、我慢できなくなると……今みたいにランニングをしたり、どこまでも歩きまわったりするんです」

「歩きまわるって、何処を」

「ストラスブルグの街なかを」

その時、私には眼に見えるようだった。両手をポケットに突っこみ、異国の街を、ただ、体力を消耗させるために、額に今と同じように汗がにじむまで何処までも歩きまわる粕谷の姿が眼に見えるようだった。

粕谷は朝飯をすますと、私に別れをつげて駅にむかった。そこには彼と一緒に聖地ルルドに向う神学生や学生たちが集まっているとのことだった。私は彼を送ってはいかなかった。

「三月二十二日、言いあらわせぬ程の悦びをもってこの旅行の希望の的である永遠の都に到着。思えば長い長い旅であったが、その終点が遂に来たのである。

ローマにたどりつくと、軽騎兵の一隊が城門より喇叭《らっぱ》を鳴らしつつ我々の先導をなし、既に路の両側にはすさまじい群集が並んで手をふり、花を投げてくれた。そして我々が宿舎であるイエズス会のコレジオに着くと、総長以下二百人ほどの神父、修道士たちが待ちうけ、我々の一人一人を抱擁して中に導いてくれた。聖堂には隈《くま》なき松明《たいまつ》と蠟燭《ろうそく》とが輝き、オルガンの音にあわせて、大祭壇の両側から白衣をつけた聖歌隊が、テデウムをたからかに合唱してくれたのである。

翌、三月二十三日、土曜日はいよいよ法王に謁見を賜わる日である。だが四日前から、我々の一人、中浦ジュリアンは高熱に襲われ、ローマ到着以来、病床にあり、医師から絶対安静を勧告されていたので、この栄《は》えある儀式に出席させるわけにはいかなかった。しかしジュリアンは、神父、医師たちの注意にもこの時ばかりは首をふり、どうしても一行に加わらせてくれと泪《なみだ》を流して頼むのであった。そして神父たちもその熱意に負けて、一行より先に帰ることを条件にそれを許した。

三月二十三日、我々は飾りたてた馬車に乗り、あまたの騎兵に附添われながら法王庁に向った。ローマ市民たちは窓から顔を出し歓呼の声をあげながら、我々の行列に手をふり、テーベレ河にそった聖アンジェロの城塞は砲声を鳴らして我々四人の日本人を祝福したのである。

我々は威儀を正し、法王庁の「法王の間」と呼ばれる広間に進んだ。既にここには、きらびやかな服をまとった貴族、枢機卿《すうきけい》、司祭たちがひしめきあっていた。その向うに、聖なる法王は荘厳を極めた椅子に腰かけられていたのである。

法王は言葉も及ばぬ威厳のなかに、ある特別の、信ずべからざる温和さをたたえたお方であった。彼は御自分の足もとに近づいてくる我々四人を見るや、父のような微笑をもって立ちあがられ接吻を賜わったのである。我々はその畏敬にうたれながらも、心をとりなおし、日本より持参した我々の主君、大友侯、大村侯の信書を差し出したのである。その信書の内容は簡単に言えば、誤れる偶像崇拝から、神慮によって基督教の信仰に召されたことに感謝しつつ我々四人の使者を派遣したと述べたものである。信書はすべて日本語で書かれていたため、メスキータ神父が通詞《つうじ》として翻訳し、法王はその威厳と寛大さに相応《ふさわ》しい答弁をされたのである」

日本人の一人もいないリヨンの街だったから私は必要に迫られて言葉だけは少しずつ上達した。もう大学の講義に出かけてもそれほど、仏蘭西人学生の助けをうけたり、ノートを借りる必要もなくなってきた。親しい友だちも何人かはできた。

しかしどんなに仏蘭西人と親しくなっても、どうにもやるせない時が月に幾度かは襲ってきた。そんな時、私は同じような孤独を味わっているグルノーブルの杉野やボルドオの田島がどうしているだろうと考える時があった。

冬から翌年にかけ、そんな時の私のたった一つの慰めは一匹の猿を見にいくことだった。その猿は街のはずれにある公園に飼われていたが、春や秋ならば家族づれでにぎわう公園は、その季節、裸の林と氷のうかんだ暗い池と池の岸辺に引きあげた古ボートのほか何もなく、巴里祭《パリさい》の夜、リヨン市の素人《しろうと》音楽隊が下手糞《へたくそ》な音楽を演奏する小さな音楽堂も扉をとじて静まりかえっていた。

猿はその音楽堂のすぐそばの金網の中にいた。仲間は死んだのか、彼女だけが不潔なセメントの上でいつもうずくまっていた。私がパンを投げてやると彼女は赤黒い歯ぐきを出して唇を細かく震わせながら金網を両手でゆさぶった。公園のなかは私のほかには人影はなく、寒い日には林のなかで枝の折れるような固い乾いた音がした。私はながい間、その猿を眺め、それからバスに乗って下宿まで戻るのだった。

杉野から便りがあった。彼は近く巴里に一人でのぼりたいと書いてきた。自分はこれ以上、皆をだますのは辛いから、今後はカトリック留学生としての援助をすべて打ち切ってほしいと東京に手紙を送ったと言ってきた。私は杉野の手紙を受けとった時のあの老神父の悲しそうな顔を心に想像した。しかし杉野にとってはそれが一番正直な態度であることも私にはよくわかった。

春がきた。毎朝、下宿の前を通る花売りの声で眼を覚した。鈴らんやミモザの花を手車にのせて花売りは大声で何かを叫びながらきまった時刻に通ってくるのである。

その年の夏休みが始まるとすぐ、私はボルドオに旅行する計画をたてた。それは一つには自分の勉強していたモウリヤックの小説背景を見るためだったが、それよりもカルメル会の修院にいる田島に会いたいためだった。マルセイユで彼と別れた時、必ず尋ねる約束をしていたのだ。彼からはその後、一通の便りもなかったが、それが会の命令であることも知っていたし、田島が私たちのことを忘れていないこともわかっていた。

よく晴れた七月のある日、私はリヨンから汽車にのり、夕方、ボルドオについた。夏のボルドオはリヨンよりももっと空虚で暑く、私のとった安宿の窓からは、夜遅くまで眠れぬ人々が広場の噴水のまわりにいつまでも腰かけている風景が見えた。

翌朝、バスに乗ってギャロンヌ河にそってランゴンという町に向った。田島が修錬を受けているカルメル会修院はそのランゴンに近い村にあるのだった。バスは猫柳と葡萄畠との間を三時間ちかく走った後、私一人を落して埃をあげながら去っていった。私は幾度も人々に道を聞いて、修院のある丘をのぼっていった。

田島の悦ぶ顔をまぶたの裏に思いうかべながら、やっとその修院をたずねたにかかわらず、私が玄関で褐色の修道服を着た体の大きな男から受けた返事は、面会は禁止されているということだった。私は特別の配慮をしてほしいと哀願し、その修道士は院長に相談に行った。そして長い間、待たされた揚句、午後三時に五分だけ、畠仕事をしている田島のそばに行って良いという許しを得た。

三時までまだ二時間以上あった。私は憤りを感じながら修院のまわりを犬のようにぐるぐると歩きまわった。夏の陽の照りつけているこの建物の窓のどこかに田島のアザのあるあの顔が見えぬかと思ったのである。

三時、私は受付で先程の体の大きな修道士から場所を教えられて、その畠に転ぶように走っていった。田島は鍬《くわ》を持ったまま、まるで叱られた生徒のように一人ぽっちでしょんぼりと私を待っていた。その鍬は彼には余りに大きすぎた。

「なんてひどい規則なんだい。五分間しか会わしてくれないなんて」

私の第一声はそれだった。そして、褐色の修道服に縄を帯の代りとしてサンダルをはいた田島の異様な姿をじろじろと眺めまわした。

「この暑さの中で、そんな恰好をしているのか」

田島は汗をふきながら叢《くさむら》に腰をおろした。彼はかなり疲れているように思えたので、

「良くないな、顔色が」

すると彼は草の葉を一本とって、それを指の間で弄《もてあそ》びながら、

「眠れないもんだから」

「どうして」

彼の顔が歪《ゆが》んで急に泪が頰に流れはじめた。額のアザが赤みをおびた。今まで誰にもうち明けられず押えに押えていたものが、私に会うことで遂に抑制力を失ったのである。

戸惑い、怯《おび》えながら私はその顔をぼんやり見つめていた。

「言えよ」

「いや」

「言えよ」

私は告解をきく司祭のように彼の言葉を促した。助けようという心になっていた。

「体力が追いつかないんだよ。ここの生活に」草の葉をちぎりながら田島は「精神力で頑張ろうと思うんだけど、何しろ、毎晩、眠れないもんだから。たとえば蚤《のみ》がすごくいるんだ。それも十匹や二十匹じゃない。寝ると同時に襲ってくるんだ。ぼくは朝がたまでドアに凭《もた》れて立ったままで寝るんだよ。一晩中、疲れて」

初め、彼が何を言っているのか、よくわからず、私は、

「なぜ、上の人に言ってD・D・Tをもらわないんだ」

「それが駄目なんだ。それもここでの修業の一つだと叱られた。でも他の人の部屋より俺の部屋のほうがすごいんだ」

「そんな非合理な修業ってないじゃないか」

「ぼくだって、他のことは頑張ったんだけど。たとえば、冬、この山道をサンダルもはかずに歩かされるだろ。足が血だらけになっても、そんなことはやりぬいたんだ。労働だって、決して怠けたりしなかったし……」

「そう思うよ」

私は船の生活で田島の性格や彼の信仰や決心を知っていた。

「リヨンに戻ったらＤ・Ｄ・Ｔを送るから」

すると泪が残っている田島の頬にはじめて微笑がうかんだ。しかし既に時間だった。会の規則は規則だから去らねばならなかったが、私は諦めきれず、

「今日はこれでもう会えないかしらん」

「駄目だなあ、ただ、君が朝がたまでここに残ってくれたら……」

「残るよ」

「そんなら、午前二時に。ぼくたち修道士は一度、起きてチャペルに行くからね。もしチャペルにその時刻、君がいてくれたら……話はできないけれど、おたがい顔は見ることができる」

私は田島のためなら、どんなことでもしたかった。ここに泊めてもらえないならば、野宿をしてでも約束の午前二時を待つ気持だった。私は修院まで駆け戻り受付の大きな修道士に交渉した。初めは困った顔をした彼はまた修院長に相談に行き、やっと客用の一室に泊ってもいいという許可を得てくれた。

客用といっても鉄製のベッドが一つとベッドの横に半ば燃えつきた蠟燭が一本あるだ

けの部屋だった。窓のむこうには灰色に埃をかぶった夏草が生い茂っている。私は下の村までおりて、長い間、百姓がトラクターを動かすのを眺め、一つしかない食料品屋でパンとチーズを買って食った。

夜、部屋に戻ってベッドに横たわると、まもなく、足に痒《かゆ》みを感じた。急いで灯をつけると、シーツの上をはねる蚤が右にも左にも見える。毎夜、ドアに凭れたまま眠るという田島の痛々しい姿が私には見えるようだった。

午前二時まで私はその蚤を一匹一匹つぶしながら時間を待った。二時前、夏草の茂る庭をぬけると草と山の空気がにおった。チャペルには、痩せこけ、項《うなだ》垂れた基督《キリスト》の十字架像が祭壇の灯に照らされていた。じっと跪いていると、テデウム・ラウダスを歌う修道士たちの声が、遠くから聞えた。歌声はチャペルのむこう、廊下から次第に近づき、やがて褐色の修道服を着て素足にサンダルをはいた彼等が蠟燭を持ちながら一列になり入ってきた。その最後から二番目に、同じ恰好をした田島の背のひくい姿も見えた。彼は私のそばを仲間と通りすぎたが、ふり向きはしなかった。彼等は跪き、合唱は続き、夜あけまで、かなりの時間があった。

「一五八六年、四月十日、万感の思いをこめて、帰国の途につくべく、リスボアを出発するサン・フェリッペ号に乗る。思えば、長い旅であった。波濤万里、あらゆる艱難《かんなん》をこえて我々はポルトガルに渡り、伊太利《イタリー》に赴き、聖なる王に信書を捧げ、我々の日本の隅々にも基督の御教えの行きわたらんことを願ったのである。我々をしてこの長い旅を遂に果させたのはすべて主の栄光のためであった。往路と同じく、これからの帰路にも、嵐、飢え、凪《なぎ》などの試煉が待ち受けているであろうし、無事にたどりつくとしても、長崎に戻るには少なくとも二年もしくは三年の歳月が必要である。肉親はおそらく我々の姿を見まちがうにちがいない。それほど我々は年をとり、姿が変ったからである。我々とても父、母、兄弟の顔を、この旅の間、数えられぬほど心に思いうかべたのである。愈々《いよいよ》、帰国の日が近づくにつれ、その懐かしさはいやましに胸をしめつけ、腑甲斐《ふがい》ないほどであった。

だが我々が日本に戻るのは、ヴァリニャーノ師も教えられたごとく、肉親に再会するためではない。船中に多くの書物、聖器具、印刷機械を携行したのも、我々がこのポルトガルと伊太利で憶えたる智慧、智識を人々に伝えるためであり、主の教えを日本にひろめるためである。四人は既に生涯を伝道に捧げるべく司祭たらんことを、旅行中、心に定めていたが、それは一人一人の発意によるものであり、思いは偶々《たまたま》、同じだったのである。ローマ滞在中、我々はイエズス会に入会を請うたが、イエズス会総長は、一行の帰国後に、ヴァリニャーノ師にその決定を一任された。もしその入会が許される暁には、我々は俗世の浮華をすて肉親をすてて、危険と難儀多き日本の布教のために働く所存なのである」

それっきり、そして私が留学を終えて帰国するまで、田島にはリヨンからD・D・Tを送ったが、相変らず、葉書一枚、来なかった。会の規則で肉親や友人にも最小限度の必要以上、手紙を書くことを禁じられているからである。

私が帰国する三カ月前に、日本から兄がU神父が死んだことを教えてきた。

杉野には帰国前にたち寄った巴里で会った。彼はA新聞社の支局でアルバイトをさせてもらったり、その頃から仏蘭西にやって来はじめた日本人のガイドをして食っているのだと言った。

「勉強のほうは」

と私がたずねると、一瞬、彼の顔が暗くなって、

「やろうと思うんだが、生活費のほうに追われてね。しかし、来年から見通しがつくんだ。奨学資金をソルボンヌに申請しているから」

しかし私はその視線の動きから、彼が自分の言っていることに自信がないのがわかっ

た。

「U神父は死んだよ」

私がそう言うと彼は眼を伏せて黙った。

「どうにもならなかったんだ。俺としては。嘘をついてまで教会の金をもらうのは厭だからな」

「わかってるよ」と私はうなずいた。「君のほうが、俺たちよりずっと立派なんだ」

杉野のほうにも粕谷や田島から手紙は来ていないそうだった。

四人で出かけた留学だったが、帰る時は、私一人だった。私は赤城丸という日本の貨客船で、二年前よりはもっと人並みな船室に乗ることができた。

帰国して一年目、私は田島が結核の手術をトゥールーズの病院で受けたあと死んだというニュースを聞いた。それを電話で知らせてくれた彼の母堂は受話器のむこうで泣いていた。

粕谷の消息は全くない。ストラスブルグに行った日本人に聞くと、彼は仏蘭西人の女と一緒に生活していたという。

天正の少年使節は帰国した後、有馬の神学校に入学した。基督教の迫害がはじまり神父と伝道士たちは次々と捕えられ、信徒たちは棄教を迫られそれを拒む者は拷問にかけられたり、死刑に処せられたりした。天正の少年使節たちもその運命を免れることはできなかった。四人のうち二人は病死し、一人はみごとに殉教したが、最後の一人は転び者となり迫害者の一員となって仲間たちを捕縛する手先になったという。その男の氏名は不詳である。

（一九六九年一〇月、「新潮」）

# 指

聖書のなかには指の話が二つ、出てくる。そのひとつは、長年の間、血漏という病に苦しんだ女の物語である。女はガリラヤ湖のほとりに住んでいた。多くの医師にかかり、多くの金を使ったが、病気は一向に治らなかった。何もかも失った女はすべてに絶望して、ひとりで生きていた。

その頃、イエスという人がこの湖のほとりに姿を見せた。湖畔の村から村をまわりながらその人は貧しい者を助け惨めな者を慰めていた。女はその人の噂を耳にしたが、彼が自分を治してくれるだろうとは少しも信じていなかった。

ある夕暮、イエスを乗せた小舟が彼女の住む村にやってきた。女は好奇心にかられ、群集にまじって強い夕陽のさす湖岸におりていった。あまたの人たちにイエスは囲まれていた。それらの人々の肩ごしに女はやっとイエスの痩せて小さい体とひどく疲れた顔を見ることができた。

　イエスが歩きはじめた時、突然、女の心にもし、という感情が横切った。もしやするとこの人は自分の病気を治してくれるのかもしれぬ。もしやするとこの人は自分の体を昔のように戻してくれるかもしれぬ。

　だがイエスに話しかける勇気のない女は彼がそばを通りすぎた時、その衣におずおずと指を触れただけだった。

　イエスはふりかえった。

「わたしの衣に今、さわった人は誰だろう」

　女は不安に駆られ黙っていた。イエスをとり囲んだ弟子たちも笑いながら答えた。

「誰かがぶつかったのでしょう。こんなに人がいるのですから」

　イエスは首をふった。その時、彼の眼と女の眼とが出会った。イエスは女の哀しい眼を見ただけですべてを理解した。

「もう、苦しまなくていい」とイエスは呟《つぶや》いた。「もうあなたは苦しまなくていい」

　この話はルカ福音書にもマタイ福音書にも出てくる。同じ話だがルカにくらべて簡潔なマタイのほうが私は好きだ。もう数えきれぬほど読みかえした。

　もうひとつの物語は弟子トマの話である。イエスが死んだあと、信じられぬ出来事が起った。葬られた墓からその死体が忽然《こつぜん》と消えたのである。そして何人かの弟子たちの前に復活したイエスが姿を現わし、師を見棄てて四散しようとした弱い彼等に語りかけたのだ。彼等は転ぶように駆けて、他の仲間にそれを告げにいった。話を聞いた者たちはあまりの出来事に茫然としたが、一人、このトマだけは嘲り笑った。

「俺は信じぬ」

目撃者たちはだが頑《かたく》なに自分たちはイエスを見たと言いつづけた。

「俺は信じぬ」トマは強情に首をふった。「この眼であの方の手に釘《くぎ》の跡を見るなら信じもしよう。その傷にこの指を入れるならば、俺も信じよう」

八日後の夜、トマは弟子たちとある部屋に集まっていた。戸はかたく閉じられていた。だが背後で何かの気配がしたので一同がふりかえるとそこにイエスの姿があった。

「さあ」とイエスは哀しげに話しかけた。「あなたの指をこの手の傷口につけるがいい。槍でつかれたこの脇腹にもさわるがいい。私はあなたに信じてほしいのだ。そして見て信じるよりは見ないでも信じる人になってほしいのだ」

トマはただちに泣きながら答えた。

「主よ、私の主よ」

この話も私は数えきれぬほど読みかえした。読みかえすたびにこの二つの物語に出てくる二本の指を思いうかべた。

　私の想像では、女の指は病人らしく青白い蠟燭《ろうそく》のような形をしていた。その弱々しい指で女は群集に囲まれたイエスの衣におずおずと触れたのだ。そしてそれにたいして、仲間に頑なに首をふったトマの指は短く太く意志の強いもののように思われた。太く強い指を持った男だから、イエスの復活を最後まで信じず、不遜な言葉もあえて口にしたのだという気がした。そして私の指は……素直にイエスにふれた女のもののようでもなく、また一人、自分の気持を偽らなかったトマのように強いものでもなかった。私の指は細いが素直な形をしていなかった。トマの指のように強くもなかった。その素直でもなく強くもない指でペンをとり、私は長い歳月の間、小説を幾つも書いてきた。


　ローマへ行けと言う話が持ちあがった。あるミッションの会と日本の放送局との共同企画でローマ法王のインタビューをしてほしいというのである。法王との単独インタビューは前例がないので、その企画が実現するまでは、時間もかなりかかったが、復活祭の前にやっと承諾の知らせが法王庁から送られてきた。

「どんな質問をしようか」

　私は一緒に行くSにたずねた。Sも私と同じように小説家で信者だった。私はもし法王にお目にかかれば色々なことを伺いたかった。あなたは苦しくはないのですか、人類救済の象徴である椅子につくことは人間としてとても耐えられぬことのような気がしますが、あなたはなぜその辛い地位をお引き受けになったのですか。そして深夜、一人になられた時、あなたは何を思われるのでしょう。

「おそらく、何の話もできやしないよ」とSは首をふった。「単独会見といっても公式のものだもの、時間だって五分ぐらいだろう。さし障りのない話をこちらが申しあげて終りだろうね」

私はうなずいた。もし私が心に持っているような疑問を法王におたずねするのがわかれば法王庁はインタビューを拒否するかもしれぬ。そう思うとこのインタビューにたいする興味が急激にさめていくのを感じた。

それでもローマに向う飛行機に乗った。空はよく晴れ、眼下に無数の針のように光る海原や褐色の大地が見えた。時々眠り、時々本を読んだ。手にした書物は切支丹《きりしたん》時代の南蛮宣教師たちが使った日本語の教科書で、文例として一人の日本人信徒の懺悔《ざんげ》がそのまま載っていた。信徒の懺悔はそれを聴いた司祭が決して他言してはならぬ筈なのに、なぜかこの本はその約束を破っているのだ。

懺悔をしたその男の名も素性もわからない。だが身分も低く暮しも豊かでないことは

頁をくるにしたがって読む者にわかる。酒が好きらしく、酒をくらいすぎたことや、女

房を叩いたこと、仲間とよからぬ賭《かけ》ごとをしたことを、情けなさそうに告白している。

仲間に自分が切支丹になったことをこの男は匿《かく》している。切支丹はまだ禁じられていなかった時代なのに同輩にそれをうちあけなかったのは、当時でも信徒は周りから嘲笑されたのかもしれぬ。

「一度はこのようなこともございました。ある折、朋輩《ほうばい》たちが教会《エクレジア》に詣でる切支丹を指さし笑うておりまする時、それを止めもせず、わが身の嘲らるるを怖《おそ》れ、共に指さし揶揄《からか》いました」

機内では退屈しきった乗客のためスチュワーデスが映画をうつす準備をはじめていた。だが私は三百年前に生きたこの男の顔が眼に見えるような気持で眼をつむった。彼は私にそっくりだ。おそらくこの男はこのような情けない告白を司祭に幾度したところで、生涯、同じ過ちを繰りかえすだろう。私もまたそうだった。人間の弱い性格は何をしても決して変えられぬ。この男や私が住む世界は、私がこれから謁見を受けにいく法王の世界とは余りにちがっていた。

復活祭の前のローマは巡礼客や観光客で溢《あふ》れていて、私は先発したMと落ちあい、放送局のスタッフと打合せがすむと、アマンドの花の咲きはじめたローマの街を歩いた。

至るところに日本人の旅行者がいる。彼等を乗せたバスが町の観光コースを次々と走りまわっていた。

この都にはあの男とほぼ同じ時代、二人の日本人が、波濤《はとう》万里、留学に来たことを私は知っている。一人はロマノ岐部といって、豊後《ぶんご》、浦辺の出身であり、マカオから単身、エルサレムを通ってローマにたどりつき、司祭になった。もう一人のトマス荒木は出身地こそ不明だがやはりここの大神学校で優秀な成績を得て司祭になった男である。ローマのふるい裏町で私はこの二人の日本人留学生もここを歩いたのではないかと、ふと思うこともあった。だが彼等もおそらくたずねたにちがいないカタコンブや聖母教会も訪れず、そのかわりベネト通りの騒音が四月の陽光と共に流れこむ小さな部屋のなかであの男の懺悔集を繰りかえして読んだ。

謁見の日は復活祭の前日になった。その日、各地から集まった巡礼客の集団に法王が祝福を与える行事があり、行事のあと、法王庁の別室で私たちは謁見を賜わることになっていた。

朝の九時、私たちが法王庁の大ホールに出かけると既に五千にちかい男女がホールを埋めていた。各集団の前にはそれぞれの国の旗が並んでいて一眼でどこの国から来たかがわかる。私たちには特別に最前列の席を与えられたが、そこには日本から来た二十人ほどの基督《キリスト》教信者の男女たちが手を膝の上において静粛に腰をかけていた。
急に人々がどよめいた。純白の衣服を着られた法王が、四人の男の担ぐ輿《こし》に乗られ、ホールのうしろから姿を現わされたのである。最前列にいる私には輿も法王の白い衣服もあまりに遠く、よく見えない。輿は時々、とまり、そのたびに法王は片手をあげて群集に祝福を与えられた。時には身をかがめ、母親がさしだす赤ん坊の頭にも手をおかれた。

はじめ私には波を漂う小舟のように揺れる輿の動きと白い衣服しか見えなかった。やがて法王が祝福のため人差指をたてて皆に十字を切られるのを見た時、私は突然、聖書に語られている指の二つの挿話をなぜか思いだした。法王の手があまりに白く、その人差指も白く私の眼にうつったからである。それはおずおずとイエスの衣にふれた血漏の女の指とはちがっていた。仲間たちに強情に復活したイエスを否定したトマの指ともちがっていた。そして私の指は素直でもなく意志の強いものでもなく、むしろ三百年前、宣教師たちが規約を破って日本語習得の材料にした卑しい男の指に似ているのだと考えた。

行事は終った。私たちだけが法王庁の役人に先導されて、ひんやりとした大理石の廊下を通り、ひんやりとした薄暗い部屋に連れていかれた。部屋には法王だけが腰かけられる背の高い椅子が一つ置かれてあるだけで、他には何の装飾もなかった。

「どんな話になるだろうか」

私は両手を前に組んで少し緊張した顔のSに前と同じ質問をした。

「何でも率直に言えばいい」Sは度胸をきめたように答えた。「それがあの人にたいする一番の礼儀だ」

私もそう思った。しかし私のまずい語学では限られた短い時間で何も語られぬような気がした。あなたは苦しくはないのですか。人類救済の象徴である椅子につくことは人間としてとても耐えられぬことのような気がします。それなのにあなたはなぜ、その辛い地位をお引き受けになったのですか。

ひんやりとした廊下に音が聞え、ひんやりとした部屋が急に静かになった。扉があいて丸い赤い帽子を頭にのせた二人の大司教が入ってきた。うしろから白い衣服に身を包んだ背の高い人がゆっくり入室してこられた。法王だった。彼はひどく痩せ疲れきった顔をされていた。たった今まで重い荷を背負わされた奴隷のように一歩一歩よろめくように私たちのそばに近づいてくる。そしてさきほどと同じように人差指をたてて、私たちに十字をきられた。私たちに何かを言われたが、その声は病人のように消耗していた……。

「あの人は生贄《いけにえ》なのかもしれんぜ」

とその夜、下町の裏通りの安料理屋で食事をしている時、Sが急に言った。

「なぜ」

「だってさ」とSは少し言いよどんだが決心したように「俺たちの眼から見ても、一番、罪ぶかい行為とは、法王になることだろ。だが誰かが、それにならねばならん。人間どんな時だって誰かを生贄にすることが必要だしさ。あの人はそれを承知で法王を引きうけた気がする」

Sもまた法王庁のあの薄暗い部屋で法王から私と同じ印象を受けたのかもしれぬ。重荷を背負ったようによろめきながら、あの人は部屋に入ってきた。疲れきった眼で私たちを見つめ、疲れた手をあげて白い細長い指で祝福を与えた。

食事のあとは安料理屋を出て狭い石畳路の裏通りをSと散歩した。家々の壁は朱色で、その朱色の壁に角燈の青白い灯が反射している。壁に化粧のこい肥った女が一人靠《もた》れていて、少し酔った私に声をかけた。

どこかで鐘がなりはじめた。明日、復活祭なのでローマのどの教会も、この時刻、信者の礼拝を許すのである。私たちがしばらく歩いていると、四、五人の家族らしい男女が辻《つじ》の教会の石段を登っていった。私とSとが好奇心から彼等について教会のなかに入ると、蠟燭をあまたともした内陣のなかで十人の男女が跪《ひざまず》いていた。いかにも下町の住民らしい粗末な服を着て素朴な顔をした人たちばかりだった。

「あの女も来ているぜ」

Sが肱《ひじ》をつつくので、ふりかえると、さきほど私に声をかけた女が何くわぬ顔で祈禱《きとう》席《せき》に近づき、両手を組んだ。蠟燭の炎にかこまれて幼いイエスをだいた聖母の像が置かれていたが、その聖母像に懸命に祈っている。誰もふりむかないし、誰も彼女がどんな女か気づいていないようだ。

「これが西欧のカトリックだな」

教会を出た時、Sは私にそう言った。

「これでいいんだ」

「そう……」私もうなずいた。「そうだろう」

一方では疲れ果てたような法王が群集に祝福を与えられ、一方では私を誘った商売女が一人夜の教会で聖母に祈っている。Sがこれがカトリックだと言った意味が私にもわかる気がする。

復活祭の夜、その昔、基督教徒たちが野獣の生贄にされたというコロシアムの廃墟で大きな野外ミサが行われた。法王御自身がそのミサをなされるのでその夜も無数の巡礼客たちが廃墟に集まったらしい。放送局のスタッフたちはこの撮影に出かけたが、私は例の裏町の安料理屋に食事に行った。食事が目的というより、ひょっとすると角燈の灯がわびしくあたっている石畳路に女がまた立っていないか、それが見たいからだった。この前と同じように朱色の家の壁に汚水にぬれた路が長くつづき、小さな広場で噴水だけが音をたてていたが、細い路には女はいなかった。

祭が終るとローマは急に春になる。日中は上衣《うわぎ》とカメラとを手にもった観光客がスペイン広場やトレビの泉に群がっている。

「この国のカトリックは迷信じみていますよ」

撮影隊の通訳をしている留学中の日本人神学生が嘲るように言った。陽ざしの強い日中でもきちんと黒服を着て、時々、白いハンカチで汗をふいている彼を見ると、私は三百年前にここに留学した勤勉なロマノ岐部やトマス荒木の姿を想いだす。

「骸骨教会に行きましたか。修道士たちの骸骨をそのまま保存しているんです。田舎に行くと、もっとひどいですね。聖人の着物の端を拝ませている教会もあります。トマの指だという気持悪いものを保存している教会がローマにもありますよ」

「ローマに」

「ええ、ローマにですよ」彼は憤慨したような口調で言った。「あんなものを教会が認めているから、カトリックはいつまでも古いと言われるんです」

そうですねといつもの悪い癖で同意したようにうなずいた。が、しかし心のなかで私は、何故、それが悪いのだろうと思った。私はあの裏町の朱色の壁に靠れている女のことを思いだしたのだ。あの女たちの信仰にそんなやくざな迷信じみたものが大事ならば、それを否定する資格が誰にあるだろう。私もまたそのトマの指を心から見たかった。

帰国する前日の夕暮、神学生に書いてもらった地図をたよりに、その教会を探した。憶《おぼ》えにくい名の通りを幾つも横ぎり、憶えにくい名の広場に出た。日曜日なので広場には花を売る女や、下手な絵を並べた画学生たちが観光客と話をしていた。風船売りの男の手から風船がひとつ舞いあがって、広場に向いた窓をかすめ、空に小さく飛んでいった。

教会は広場の突きあたりにあった。夕暮のせいか、うす暗い内陣には誰もいない。内陣には香の臭いとここで跪いた人間たちの臭いが漂っている。祭壇の両側に飾られたイエスは、私が食事した安料理屋のコックのような顔をしている。黒ずんだ大理石に呼鈴を見つけて、それを押すと、間もなく古いスータンを着た中年の神父があらわれた。

用件を聞くと、馴れた手つきでスータンのポケットから観覧券をとりだし、拝観料を求めた。金を受けとってから彼は急に厳粛な表情をつくり内陣の隣の部屋に案内してくれた。そこにも香の臭いと人間の臭いが漂い、小さな祭壇のそばにコックのような顔をしたイエス像が飾られていた。金の縁どりのある箱をとりだして彼は何か呟きながら大事そうに私の眼の前にさしだした。

硝子《ガラス》を通して綿のなかに灰色の得体の知れぬものが沈んでいる。これが人間の指の骨なのか私にはわからない。

「トマ」

と私はたずねた。厳かな顔をつくって神父は、

「シイ、シイ、トマ」

強くうなずいた。それだけで私には充分だった。長い間、私はトマの指は、短く、太く、意志の強いもののように空想していたのだが、この綿のなかに埋まったものは、私や、あの懺悔集の日本人信徒のように得体の知れぬ嘘くさい形をしていた。それはまた恭《うやうや》しげに箱を持っている神父と同じように小狡《こずる》い印象を私に与えた。だがこの嘘くさく小狡い指にイエスはこう言われたのだ。「さあ、その指を手の傷口につけるがいい。槍でつかれた脇腹にさわるがいい。私はあなたに信じてほしいのだ」


（一九七三年一〇月、「文藝」）

# 五十歳の男

「では批評を言いますとね。コンさん、ワルツの時、まだホールドがさがりますよ」

「はーい」

「ホールドがさがると、だらしなく見える。これはぼくがいつも言っていることですが」

皆が一通りおどり終ると、ダンスの先生は汗をふいている七組の男女にそれぞれ注意を与える。洋裁学校の教室を借りての素人《しろうと》ダンス教習会が作られた時、銀行員のこの人が先生になった。学生時代、全国コンクールで二位をとった経歴を持っていたからだ。

「坊やはリズムが狂うね。あれはキャバレーダンスの悪い癖が残っているからだよ」

「わかりました」

「ミミちゃん、あんた、どうして坊やとおどっている時、顔をのけぞるの」

「ひどいんです。坊やは今日、ぎょうざを食べて来たんですゥ」

皆が笑うと、先生も苦笑したが、最後に千葉のほうに顔を向けて、簡単に、

「千葉さんは、まだ時々、下を見ます。ステップに自信をつけてください」

先生はほかの者をコンさん、ミミちゃん、坊やなどの愛称で呼んだが、千葉だけは千葉さんと一目《いちもく》おいて丁寧に言う。それはこの教習会で彼だけが全員よりはるか年上の五十過ぎだったからである。

「これで終ります」

教室の隅に片附《かたづ》けておいた机や椅子を、全員で元の位置になおし、人影のない埃《ほこり》くさい廊下に出た。外は苦にならぬ程の霧雨がふっていたが、汗だらけになった額にその雨はむしろ心地よい。電車通りに来ると、これから飲みに行くという若い人たちに千葉だけが、

「さようなら」

と挨拶をした。さようならと若い人たちもいっせいに頭をさげた。空車という赤い文字をつけた車をよびとめた千葉は、

「ああ、くたびれた」

運転手がいるのも忘れて、座席に腰をがっくりおろすと独りごとを言った。一時間半、

ぶっつづけにステップをふむのは年とった彼にはかなりの労働で、今日も腿から足首にかけてすっかりこっていた。

「どうしましたか」

運転手がこちらをふりむいてふしぎそうにたずねた。何でもないと千葉は曖昧《あいまい》な返事をした。いい年をしてダンスをやっていると言うのは照れくさい。細君だって、彼が近頃、めっきり弱くなった足腰を鍛えるためダンスを習うと言うといい顔をしなかった。ゴルフ？　ゴルフは時間をとるから嫌だね。若い頃、習いたいと思っても戦争のため習えなかったのさ。年よりの冷や水？　なに言っているんだ。俺はまだそんな年じゃないと彼は細君を一蹴《いっしゅう》したものだ。

「景気はどう」

「よくありませんねえ」

運転手は肩をすぼめた。去年はこっちが客を探さなくても、向うさんがこっちを探してくれたが、今は仲間同士で客の奪いあいですわ。景気は来年、良くなりますか。わたしら、組合がないから……

その瞬間、突然、後頭部に激痛が走った。激痛はつむじのうしろ側からコップの水に落した黒インキのように四方に拡がった。千葉は膝がしらを強くつかんで、その痛みに耐えた。運転手なんていうのは、結局、日銭をかせぐ商売ですからね。組合で文句を言う奴はすぐ首になりますよ。私だってさあ……

「すまん」と千葉は喘《あえ》ぎながら「頭が痛いんだ」

「え?」運転手はあわてて「困ったな。病院へいきますか」

「いや、放っておいてください。すぐ治ります」

この頭痛は今日が始めてではなかった。去年から三度ほど、突然、襲ってきている。原因はわかっている。睡眠不足や、歳《とし》にしては過激な運動をした時、血圧が急に二百まで上昇する時だ。その時、千葉の場合、必ず頭痛に襲われた。

「大丈夫ですか」と運転手は心配するより、車のなかで面倒の起こるのを不安がって「病院に行ったほうがいいんじゃないかな」

「大丈夫」

眼をつぶり、呼吸を静かにしていると、歯痛が鎮痛薬で消えるように少しずつ激痛は去っていく。そして我慢のできる鈍い痛みだけがそのあと一日ほど残る。体を車の窓側に靠《もた》らせて、脳溢血《のういっけつ》で死んだ母は五十四歳だったなと思った。はじめて血圧の検査を受けた時、医者は千葉に、血縁に脳溢血の人はいないかと訊ねた。そしてこういう体質は多くの場合、遺伝的だと教えてくれた。

「それなら私は癌で死なずてすみますな」千葉はいつもの癖で医者におどけてみせた。「脳溢血でコロリと死んだほうが有難いですよ」

母が死んだ時、千葉は夜遊びに出かけていた。母の臨終に自分が遊びまわっていたことが今も彼の負い目になっている。医者から血圧が高いと聞いた時、彼は真実、自分も母と同じ死に方ができるならと少し嬉しかった。

四十五を過ぎた頃から千葉は健康のためと言ってさまざまな民間薬や怪しげな健康器具を買っては家族の笑い者になった。笹の葉でつくった青汁やクコ茶を飲み、風呂のなかに泡を噴出する器具を入れ、電気マッサージの椅子を茶の間に置いたりした。青竹も踏んでみたし、一度はかなりの値段で室内自転車を求めもした。いずれも長つづきせず、結局、マッサージの椅子も自転車も妻の手で庭の納屋にしまいこまれた。今は足腰を丈夫にするために、ダンスのほかに毎日、犬をつれて暇な時、散歩するだけになった。

子供の時から千葉は犬が好きだった。なぜかよくわからない。それはおそらく、少年の頃、彼の両親が不和になって離婚話が持ちあがった時、小学生の彼には飼犬にしか自分の哀しみを訴える相手がいなかったからかもしれぬ。

その時、千葉の家族は満洲の大連にいた。大連では九月の終りには街路樹は半ば落ち、空は鉛色の曇った日がつづく。学校ではいつもおどけ、ふざけている彼は、そのくせ放課後、一人になると真直《まっすぐ》に帰宅しようとはしなかった。灯もつけぬ部屋でじっと石像のように坐ったまま暗い顔をしている母の姿を見るのが嫌だったからである。中学生の兄は学校から戻ると黙ったまま勉強机に向って本をひろげていた。少年の千葉にもこの兄がそうやって両親のどうにもならぬ不和を耐えているのが、痛いほどわかった。だから彼はやっと家まで戻ると玄関には入らず鞄を塀のかげにかくし、何時《いつ》までも外をうろつきまわった。そんな時、飼っている雑種の犬がいつもうしろをついてきた。

アカシヤの枯葉を蹴りながら彼は満人の子供たちが縄とびをしている様子をじっと眺めたり、まだ厚い氷のはらない公園の池のそばに行って杭《くい》につながれている古ボートに石を投げては時間をつぶした。犬はそのそばで寝そべったままどこか遠くの一点をじっと見つめている。日が暮れかかり、半ズボンをはいた膝小僧が外気の冷たさで痛くなってもまだ家に戻りたくはなかった。帰宅した父の荒々しい声と母の泣声を子供部屋から聞くのが辛《つら》かったのである。

「もう……いやだ。ぼくは……」

彼はどこか遠くの一点をじっと見ている犬にだけ時々そう言った。いつもおどけている彼には心の哀しみを学校の先生にも友だちにもうち明けるわけにはいかなかった。

「もう、いやだ、ぼくは」

犬は彼に顔をむけふしぎそうな眼をした。だがそれでも彼はよかった。誰にも言えぬ哀しみを訴える相手がいるだけでよかった。彼が足を曳《ひ》きずるようにして帰りかけると、ゆっくりと立ちあがり尾と頭とをたれて少しうしろからついてきた。

やがて夫婦の離婚がきまり、母親が二人の子供を連れ、彼女の姉夫婦が住んでいる神戸に引きあげる日がきた。大連特有のアカシヤの街路樹が満開の五月で、白い葩《はなびら》が風に散り歩道に舞っていた。トランクや行李《こうり》を載せた馬車に乗った時、住みなれた家をふりかえった彼は門の前に彼の犬がしょんぼりとこちらを見上げているのに気づいた。満人の馭者《ぎょしゃ》が鞭《むち》を鋭くならし馬車が動きだすと、犬は五、六歩、追いかけ、諦めたように立ちどまった。こうして、彼とその犬とは別れそれっきり会わなかった。

あの犬の名はクロといった。成長してからも千葉はいつも犬を飼っていた。洋犬や血統書つきではなく、捨犬同然の雑種だったが、それらは彼にあの晩秋の夕暮、大連の枯葉で埋った公園で彼をじっと見ていた最初のクロのことを思いださせた。

結婚してから千葉は犬のことで妻とよく口喧嘩《くちげんか》をした。結婚当初、動物が好きではない彼女は彼が雨の日、飼犬を玄関に入れたり、折角、料理したものをわざわざ犬のために残してやることが気に食わない。

「掃除をする身になってくださいな。玄関に毛を落されたり、汚されたりするのはたまらないわよ」

「生きものだから仕方ないだろ」と彼は怒鳴った。「奴だって、雨の夜はさむいんだ。いいさ。明日から俺が玄関を掃除するさ」

そのくせ二日とその約束は守られなかった。妻は彼のことを得手勝手な犬の可愛《かわい》がり方だと非難したが、そんな口争いを何年も何年も続けながらも彼の家にはいつも雑種の犬が住んでいた。今いるシロも十三年前の春の夕暮、散歩の途中、牛乳屋の店先で箱に兄弟と入れられていたのを、もらってきたのである。

晩春のある日、そのシロが妙な咳《せき》をするのを仕事をしていた千葉はきいた。

「あの咳は何だろう」

「風邪でしょう」

妻は関心がなさそうに答えた。

「前もしていましたよ」

「なぜ黙っていたんだ」

「だって、咳したからって何も言うこともないでしょう。もうあれは年寄りですよ」

庭下駄をはいて犬小屋のほうに行ってみると、シロは水を入れたアルミの容器の前にうずくまっていたが、彼を見ると義務的に尾をふって立ちあがった。その時、また空咳のような嫌な咳を二、三度した。この犬をもらってから十三年になるから、もう人間で言えば七十五歳の年寄りなのだ。シロがほぼ千葉と同じ年になった時、彼は酔って帰るたびに裏庭で頭をなでながら「よう、御同役。おたがい苦労しますねえ」と激励し、もっと年をとると「先輩、頑張りましょうや」とふざけたものだ。それがもうすっかり彼の年齢を引きはなして本当の年寄りになってしまった。いつも日向《ひなた》に寝ているが歩き方もだらしなくなり耳も遠くなったのか、かなり音をたてない限り、眼をあけなくなった。

「どうした」

頸《くび》を少しなでてやりながら小さな庭の池に眼をやった。手入れをほとんどしない池の水は黒く濁り、褐色の芽をみせてようやく鉢の蓮《はす》が茎を四方に伸ばしはじめている。その芽のかげに金魚が一匹、死んでいる。金魚もこの池に飼って二年か三年になる。犬とちがって餌《えさ》を時々やるだけで別に世話をしない。悪い水が何処《どこ》からか流入したかと思ったが、別にその様子もない。おそらく寿命で死んだのだろう。

仰向けになった金魚の腹は異常に膨れている。金色だったその鱗《うろこ》も死後二、三日たったせいか白っぽく変っている。千葉はその時、死んだ生きもので死を感じさせないのはメダカまでだねとある友人が呟《つぶや》いた言葉をふと思いだした。千葉はその言葉に感心するよりも、一寸《ちょっと》した生きものの死にも敏感になったこの友人の年齢をじんと感じた。

「おたがい年だな」

彼は犬の首輪に散歩用の鎖をつけて家を出た。シロはもう若い時のように軽快な足どりでは歩けない。少しよろよろとしながら、そのくせ息づかいだけは荒く、彼の前をゆっくりと進んでいる。時々、道ばたの臭いをかぎ、たちどまって少しだけ放尿し、それからあの嫌な咳をした。

いつも狂犬予防の注射をしてもらっている小さな家畜病院にシロを連れていった。若い獣医はスポーツシャツの腕をめくりあげて、誰もいない診察室で裸の絵を表紙にした漫画雑誌を読んでいたが、

「血をとってみましょう。ヒラリヤがまた出たのかもしれません」

千葉が心配していたのも実は蚊からほとんどの犬が伝染するヒラリヤのことだった。普通は予防注射を毎年うつのだが、シロのような老犬にはこの劇薬は注射ができない。

検診台の上に急に載せられたシロは情けなさそうな眼で千葉を見た。それは身内に無理矢理つれられて医者の前で裸にさせられたあわれな老人に似ていた。よしよしと言って彼と医者とは犬をおさえた。注射針を尻にさすと痛いよォと言うようにシロはないた。

「やはり、またヒラリヤが出ている」

顕微鏡に眼をあてながら若い医者は呟いた。

「年寄りだから劇薬は使えないし、それにもう老衰してますからねえ」

「犬って何年ぐらい生きるんです」

「よくて十年ぐらいです。だからお宅の犬はかなり長生きですよ。ぼくの知っている犬で二十年生きたのがいましたが、それは室内犬でした」

「じゃあ、ぼくはこのシロを二十年、生かして、町の名誉町民にしよう。先生も推せんしてください」

と千葉はいつものようにふざけた。

まだ怯《おび》えてあわれな顔をしている老犬を連れて戻りながら、彼はこのシロをはじめて見た春の日のことを思いだした。陽《ひ》あたりのいい牛乳販売店の店先にダンボールの箱がおかれて、そのなかに四匹の仔犬《こいぬ》がこちらを覗《のぞ》いていた。通りがかった千葉が思わず足をとめて覗きこむと、そのなかで白い毛糸のまりのようなのが一匹、這い出してきたが、見ると目脂《めやに》が出た片目がほとんど潰《つぶ》れかかっていた。そのくせその片目の仔犬はちぎれんばかりに尾をふっている。

「あげますよ。どれでも」

と販売店の主人が声をかけた。

「そいつは駄目だ。目がつぶれている」

「だから」と千葉は笑った。「もらってもいいでしょ」

シロはこうして彼の家に引きとられた。妻はまた不満そうな顔をしたが、シロに毎日、肝油をのませてその眼をなおした。

「もうたくさん。番犬にもならぬ上に迷惑ばかりかけるんだから」

シロはいつも夫婦の口喧嘩の種になる。実際、この種の犬はあまりに人なつこくて、押売りが来ても吠《ほ》えもせず尾っぽをふって歓迎した。散歩につれていけば他の家の門前で、突然、糞をしたり、首輪をはずして逃げれば逃げるで二日も三日も戻ってこなかった。そんな時、必ず、よそから苦情の電話がかかってくる。お宅の犬がうちの洋犬に変な真似をして迷惑していると相手は怒っているのだ。そのたびに千葉は電話口で頭を幾度もさげた。

「飼うなら飼うで、もっと賢い犬にしてください。あんな馬鹿な犬は役にもたちません」

「役にたたなければ、棄てろと言うの」

千葉と妻とがそんな喧嘩をしている姿をシロは庭から硝子《ガラス》ごしに情けなさそうな顔で

眺めていた。千葉は千葉で役にたたぬからいやだという妻の言い分が気に食わない。むかし、オースチンの中古車を買って運転したことがある。その中古車は二年間、彼や妻や家族を乗せて随分、奉公してくれた。寿司づめに皆を乗せて坂道を登る時、車は息を切らしたような、喘息もちのような声をたてた。

「ねえ、こんな古い車やめて新車を買いましょうよ」

ある日、妻がそう提案した時、千葉は本気で怒った。彼は喘《あえ》ぎ喘ぎ家族をのせて坂道をのぼるこの車が、前から自分そのままのような気がしてならなかったからである。嫌だ、と彼は頑強に抵抗し、この時も妻と喧嘩をした。

「だれが洋犬など飼うものか。なあ、シロ」

喧嘩のあと庭に出て、晩秋の大連の頃と同じようにこの犬だけに自分の心を訴える。シロは恐縮したように頭をさげ、彼の手を舐《な》める。

「いい年をして今更、なぜ社交ダンスなど習うんだね」

千葉は友人にそう嘲られるたび、おどけて答えた。

「いい年をした者が大っぴらに若い娘を抱けるのはダンスだけだろ」

もちろん教習会で、二時間なら二時間、休みなしに複雑なステップを憶《おぼ》えこまされている間、パートナーに女を感じる余裕などない。その時は組んでくれるミミちゃんもほかの女の子も彼にとっては音楽やエナメルの靴と同じように、ダンスの一つの道具にすぎない。

「千葉さん、下半身をもっと密着させて。女の子の脚の間に思い切り自分の脚を入れてください」

聞きようによっては妙な意味にもとれるこんな言葉を先生が千葉に怒鳴っても、誰も笑わなかったし、彼も変に思わなかった。娘の足の間に自分の腿を強く入れても千葉は何も感じない。

だが、ようやくその複雑なステップが頭に入った頃、彼は自分の子供にもひとしいこの女の子たちの汗の匂いをひそかに楽しみはじめた。

ワルツならワルツ、タンゴならタンゴの一曲が終るまで、ホール代りの教室を二周、三周しているうちに、十九歳のミミちゃんの首のあたりが汗ばんでくる。上気した皮膚がほのかに赤らみ、化粧水のまじらぬ汗の匂いが彼にかすかに匂ってくる。彼の妻のように肉がつき皺《しわ》の寄った首や腭《あご》ではなく、まだ二十《はたち》そこそこの少女のこの汗の匂いを、先生にわからぬよう千葉はそっと吸いこみ、一瞬、眩暈《めまい》に似た感覚を味わって楽しむ。そしてこの眩暈が静かに去ったあと、必ず思うことは、自分が五十をすぎた年寄りだということだった。

馴れてくるに従い、先生や他の男女が踊っているのを見ては、彼は色々な空想にふけるようになった。タンゴの模範ステップをみせる時、先生とパートナーとは烈《はげ》しく首をふり体を動かした。それは彼には性交の痙攣《けいれん》を連想させたし、ワルツの時のミミちゃんたちの首のまげ方、うっとりとした眼《め》つきは、彼女たちが本当に恋をした時の表情を想像させた。まったく関心のない相手と踊る時、娘たちの脚の動きもきたないし、手の使い方も堅いのだ。ダンスを習いだしてからもう一年ちかくになるが、その一年の間に生じた男女会員それぞれの親密度や心の動きを千葉は彼女たちの踊り方で推量することさえできた。

そんなことは勿論《もちろん》、黙っている。ミミちゃんの汗の匂いを自分のような五十男がどういう思いで嗅《か》いでいるかは秘密である。ダンスがすむと彼も皆と一緒に教室の椅子や机を片附け、空虚な廊下を歩いて外に出る。そして大通りにくると飲みに行くという若い仲間にさようならと挨拶し、彼等もまた、さようならと頭をさげるのだった。

夏が近づいた頃、シロの咳はますますひどくなった。劇薬の注射をうてぬため獣医はあまり効目はないが、と断わって飲み薬をくれた。犬はほとんど一日を木蔭《こかげ》で眠り、時折、起きあがってよろよろと池のそばに歩き、その黒い水を飲んでは咳をした。池には蓮の花が一輪、暑くるしく咲いていた。

暑くるしい朝がた、彼は突然、妻に起こされた。

「起きて、危篤なの、お兄さまが」

寝床から千葉はぼんやり妻のまるい顔を眺めた。まだ頭は朦朧《もうろう》としていたが、ただ一人の兄の元気なイメージと危篤という言葉とが結びつかず、何を馬鹿言っていると千葉は静かに妻につぶやいた。

ひっかけるように靴をはいて彼だけ一足先に表通りに飛び出した。いつもここを嫌というほど通過するタクシーがこない。朝早い大通りは虚《うつ》ろで、まだ戸をしめた商店の前に青いポリバケツが幾つもおいてある。ようやく摑《つか》まえた車はなぜか速度が遅く、赤信号のたび、ゆっくりと停車した。この時、彼は母が脳溢血で倒れた日も夜遊びに出ていてその死に目にも会えなかったのを思いだした。

病院の廊下で二人の姪《めい》が泣いていた。今朝がた、彼女たちの父親は突然、多量の血を吐きここに担ぎこまれたが、病室でも二度、大きな吐血をしたと泣きじゃくりながら彼に訴えた。

病室の床にはまだあちこちに黒ずんだ血痕《けっこん》が残っている。洗面台の下に丸めて置かれた何枚かのタオルにも大きな血の地図があった。二人の医者と二人の看護婦と義姉とが、兄の体をかばうように囲んで、輸血台や酸素ボンベがその周りに置かれていた。弟が来たとわかると年輩の医師のほうが眼くばせをして廊下に出た。

「食道静脈の血管が破れたのです」

医師は自分の咽喉《のど》のあたりを指さして説明した。食道の血管に瘤《こぶ》ができ、それが破裂してとめどなく血が噴出したというのである。

「食道に氷嚢《ひょうのう》を入れて応急措置はしました。しかし一日中これをやると食道粘膜が目茶目茶になるのです。やがては氷嚢を取らねばなりません」

「取ると……どうなります」

「また吐血……なさるでしょうね」

医師はそう言って探るように千葉の眼を見た。

「と……手術ということですか」

「ええ。ただこの手術例はまだ世界でも少いのです。A大だけにそれをおやりになる先生がいますが……」

年輩の医者はまた探るように千葉の眼をみた。千葉にもその言外の意味が明瞭に摑めた。手術は非常に危険です、しかし手術以外、手のうちようがないと言っているのだ。

「ほかに方法は？」

「ありません。残念ですが……」

「お願いします。A大の先生は来てくださるでしょうか」

彼はまだ到着していない兄の息子の代りにそう答えた。浜松の放送局にいる甥《おい》は急を聞いて今ここに駆けつけている途中なのだが、それまで千葉は身内のなかで決断をくださねばならぬただ一人の男だった。

体中にゴム管や針をさしこまれている兄の枕元にたった。三千CCの血を失った病人は焦点の定まらぬ眼を天井に向けて弟の存在もわからぬようである。看護婦はたえず血圧を調べ、医師も弱っていく心臓の音を聞いていた。

三つちがいの自分の兄が、こんなに唐突に危篤になるとは千葉は一度も考えたことはなかった。すべての点で彼より勝っているこの兄は寿命でも自分よりずっと長生きをするだろうといつも思っていた。その兄が今、死にかけているという事実を彼はどう受けとめてよいのかわからなかった。頭もよく真面目な兄は社会的にもかなりの地位にのぼったが、そんなことは弟の彼には関心がなかった。彼にとって兄とは両親が不和になったあの晩秋のさむい大連で、子供の悲しみを共に分けあった相手である。部屋のなかでじっと坐っている母の暗い顔を見たくないため、外をうろつく彼とちがって、この兄が机に向い、教科書を開《ひろ》げることで耐えていた姿も知っている。父と別れてから兄弟は人に言えぬさまざまな思いをなめたが、たがいの苦労も双生児のように知りつくしている。死なさないぞ、あんたを、と千葉は心のなかで呟き、病室を出た。

廊下の椅子に一人、腰かけていると妻がそばに寄ってきた。危険だが手術をすると妻に告げ、あいつを助けないと俺は孤児になると言うと、妻は泣き笑いのような表情をつくって、孤児とは小さな子供のことをさすのです、あなたは本当に言葉を知らないとつぶやいた。

「俺だって、いつ、こうなるかわからない」

「馬鹿馬鹿しい。まだ五十そこそこのくせに」

彼は、そうだな、とうなずいて廊下の隅の赤電話に近よった。朝早く家を飛びだしたので色々なことを留守番に伝言しておかねばならなかった。

「何か変ったことがある?」

「シロがおかしいんです」と留守番が答えた。「寝たっきり、動きません。息づかいも荒くなって……」

「獣医に連絡したか。すぐ、連絡して来てもらいなさい。すぐ」

椅子に戻って妻にシロが死にかけていると言ったが、彼女は黙っていた。

「シロも危篤なんだよ」繰りかえして「聞いているのか」

「どうしたんです、それが。お兄さまが大変だと言うのに」

兄も大事だが、俺にとってシロも大事なんだと言いかえしかけて彼は黙った。あの大連の公園で少年の彼をじっと見てくれた雑種の犬のことを妻は知らない。

翌朝、千葉は疲れ果てて帰宅した。八時間にわたる手術の間、彼は兄の家族と病室で待ちつづけ、そのあと交代で椅子に腰かけて仮眠しただけだった。留守番にも会わず彼はすぐ庭の犬小屋を見にいった。シロは小屋の外で四脚を伸ばしうす眼をあけたまま横向きに倒れていた。腹部がたえず波うち、息づかいが荒い。そのうす眼で彼をみると、懸命にその尾っぽをふろうとしたが、立ちあがることはできない。

「いいんだよ、いいんだよ」と彼はその腹をなでながら「尾などふらなくても」

黒く濁った池にはまた一匹、金魚が仰向けに死んでいる。腹部が異常にふくれ、その腹部だけが白く変色している。その金魚の仰向けになった死体は、倒れているシロの姿によく似ていた。

獣医がやってきた。太い注射を二本、泥でよごれた犬の尻に刺したが、犬はもう声もあげぬ。

「助かるでしょうか」

「さあ。老衰しているからねえ。寿命だと思ってください」

「何とかしてやってください」

「ええ」若い獣医は自信なさそうに言葉を濁した。「やるだけはやってみますがね……」

獣医が帰ると、千葉は風通しのいい日蔭に寝かせるためシロの体を抱いた。病犬はぐったりと彼の両手のなかで重かった。日蔭に運ぶと、口を指であけ、桃色の歯ぐきの間にスポイトで牛乳を注入してみたが、白い液体はシロの口ひげと彼の膝をむなしくよごした。

陽ざしはあつい。半咲きのコスモスのまわりに雑草がきたなくのびている。長い間、病犬の横にしゃがんでいた。犬は四肢を地面に横に伸ばしたまま、うす眼をあけたまま動かない。コスモスの花を見ながら、自分は人生でたくさんの人や生きものに出会ったと彼は思った。だが本当に縁のあった人、本当に縁のあった生きものはごく僅かだった。亡くなった母。病院にいる兄。そして公園で彼をみていた雑種の犬。十三年一緒に住んだシロだって彼の人生に縁があったにちがいないのだ。風にコスモスの茎が少しゆらぎ、一匹の金蠅《きんばえ》が病犬のあごにとまった。この時、シロはもう死んでいた。

たった今までと同じようにうす眼をあけたままだが、息遣いの荒かった腹部が静止して、ひげのまわりにさっき注入した牛乳がまだうす白く乾いて残っている。シロのまぶたをなでながら彼は泪《なみだ》を流した。

気配を察した妻が庭におりてきて、しばらく黙ってしゃがんでいたが、

「お兄さまの身がわりになったんですよ」

とぽつんと呟いた。それからコスモスの花を何本かちぎってシロの顔の上にのせた。

夕暮、一応シロの遺体のまわりに線香と花をたてて病院に駆けつけた。病人はまだビニールの透明の幕のなかで、酸素ボンベや輸血の瓶に囲まれたまま昏々《こんこん》と眠っていたが、寝息は思ったより規則正しい。そばにいた年輩の医者は聴診器をしまいながら、明日の夜までこの状態が続けば希望が持てると彼に囁《ささや》いた。それを聞くと一時に疲れが出て千葉は廊下の椅子に腰をおろした。その時、頭痛がまた後頭部に水のなかに落したインクのように大きく拡がってきた。シロが兄の身がわりになってくれたという妻の言葉を彼は眼をつぶりながら思いだした。お前のために花畠《はなばたけ》のなかに墓を作るよと彼はシロに話しかけた。

（一九七六年一月、「文藝」、原題「ダンス」）

# 幼なじみたち

冬のポーランドから戻ったばかりで、まだ時差ぼけも治らない日に、幼なじみから突然、電話がかかってきた。

幼なじみは神父である。阪神の御影《みかげ》にある小さな教会の主任司祭をしている。私より三つも歳下《としした》なのだが、頭にはもうほとんど毛がない。そう言えば子供の頃、私たちの教会で日曜日ごとに顔を会わせた彼の父親も金柑頭《きんかあたま》だった気がする。

「周ちゃん」

彼は四十年前、夾竹桃《きょうちくとう》の赤い花の咲く教会の庭でキャッチボールをやっていた時と同じ呼びかたをした。私は彼の禿《は》げ頭を思い出し、そんなはげ頭になった五十歳の男が、周ちゃんと妙な声を出したのが可笑《おか》しかった。

「周ちゃん。忙しいのは、わかってるねんけど、来週の日曜、阪神に来てくれへんか。

実はね」

実は、自分が神父になって二十五周年になる。ささやかな集りを昔なじみだけで持ちたいから出席してもらえないかと言う用件だった。

「誰々、くるねん」

「明さん。それに小池のヤッちゃん、栄太郎」

幼なじみはもう長い長い間、会わなかった昔の少年たちの名前をひとつ、ひとつ口に出した。ああ、あいつもまだ生きていたか、という感慨が私の頭でした。それは夕暮に丘の上から平野を曲りくねる河を見るような思いだった。

「来てくれる?」

「うん。行くよ。何とかして」

幼なじみのためなら無理しても行かねばならぬ。そういう機会を逸したら、もう二度と会えないかもしれぬ——そんな年齢に私たちはもう達しているのだ。

土曜日の午後の飛行機をつかまえた。小さな鞄に手当り次第に書棚からぬいた伊東静雄詩集の文庫本を入れた。

秋鶏《くひな》のゆく道の上に

匂《にほ》ひのいい朝風は要《い》らない
レース雲もいらない

満員の機中で文庫本を開くと、そんな書きだしが眼にとまった。ゆっくりと、静かに、舌の上で私はその詩を味わった。おいしかった。

弱い陽《ひ》のあたった伊丹《いたみ》飛行場に幼なじみは学生を一人、連れて迎えに来ていた。右手でベレー帽をぬいで、

「よく、来てくれはったな」

そう言った彼の頭は数年前に会った時よりももっと禿げあがり、汗が少しにじんでいた。私は彼の幼な顔を思い出そうとしたがどうしても蘇《よみがえ》ってはこない。あの頃、不器用でボールを受けるのが下手だった彼の少年時代を、人生は、すっかり消していた。

「あんなあ。ボッシュ神父さんも来てくれるそうや」

学生が運転するカローラが国道を神戸に向って走っている時、幼なじみは急に思い出したように言った。

「ボッシュ神父さんが?」

「会いたいやろ、周ちゃん。周ちゃんはよう怒られとったからなあ」

私はやはり関西に来てよかったと思った。ボッシュ神父とはもう三十年間、顔を会わせていない。戦争が終った直後、この仏蘭西人《フランス》の神父は高槻《たかつき》にある収容所からやっと釈放されたのだが、その時、私はもう東京に住んでいたのだ。

幼なじみの言うことは本当だった。子供の頃、私はまだ四十代の髎鬚《あごひげ》をはやしたこの仏蘭西人の神父をよく怒らせた。教会の中庭で野球をやっている時、私の投げたボールが彼の司祭館の硝子《ガラス》を砕いた時、鍾馗《しょうき》様のように真赤な顔をした彼に耳を引っ張られた。私の飼っている犬がミサの最中に聖堂のなかに飛びこんできて、信者たちを驚かした時は、私はもう教会に来てはならぬとひどく彼から叱られた。

「なつかしいなあ、もう、お幾つだ」

「七十二歳。少し体を悪くされて、仁川の修道院で療養されとるねん。でも来てくれるねん」

「体が悪い？　何の病気？」

「特に病気やないけどね、戦争中、憲兵に随分、拷問されたやろ。その後遺症が年とって出てきたんやろうな」

私たちの車が走っている国道には昔の面影《おもかげ》はない。少年時代、私が通学に利用した電車の線路ははずされ、そこがうすぎたないグリーン・ベルトになっている。黒い瓦屋根の並んでいた両側も今はボーリング場やガソリンスタンドに変わり、そこに午後の陽がさしている。

　ボッシュ神父が憲兵隊に引っ張られていった日のことはまだ憶《おぼ》えている。ただし私はその光景を見たのではない。その日、中学校から帰宅した時、私の家に二、三人の信者の婦人たちが来て、怖《おそろ》しかった模様を母に話していた。司祭館に私服と憲兵とが土足で入ってきて、引出しと言う引出しをあけ、神父さまを連れていった。あの神父さまがスパイだなんて考えられないと彼女たちはこわそうにしゃべり続けていた。

　外人であれば誰も彼もが疑われる時代だった。ましてそれが基督《キリスト》教の神父だと警察や憲兵は特に眼を光らせた。あとで判明したところでは、ボッシュ神父が摑《つか》まったのは彼が持っているカメラと写真帖のためだった。その写真帖に偶然、飛行機工場がうつっていたのだと言う。

　翌日から教会ではミサがなくなった。それでも私服が時々、調べにくるという話を聞いた。ボッシュ神父が憲兵からひどい拷問を受けているという噂もたった。本当のことは何もわからなかった。

　幼なじみが主任司祭をしている御影の教会はそんなに大きなものではなかった。五百坪ほどの敷地に小さな教会と木造の司祭館とそして幼稚園とがあった。私は彼が電話をかけている間、その幼稚園の庭で少年たちがボール投げをしているのをぼんやり眺めていた。

眼鏡をかけた少年は、肥満児の投げるボールをうまくキャッチできない。その不器用な姿が私に自分の子供時代のことを蘇らせる。人間は人生のある時期、皆、同じような悲しみや苦しみを味わうのだと私もこの年になってやっとわかってきた。この少年も四十年前の私と同じような悲しみを知っていないと、どうして言えるだろう。

「もう五時四十分か、六時には皆、来よるねんけど、ここで待つか。それともチャペルにもう行くか」

用事を終えて戻ってきた幼なじみが私に訊ねた。六時から彼は自分の記念日を祝って参加してくれた旧友のためにミサをあげる予定にしていた。

私は聖堂のなかで一人、腰をかけていた。石油ストーブが男子席と女子席を隔てる通路に二つ置かれて青い小さな炎で燃えていたが、やはり寒かった。

皆がやって来る間、ボッシュ神父のことを考えた。戦争が終って三十年、神父は前と同じようにこの日本に残り、明石《あかし》や加古川《かこがわ》の教会で働いてきた。自分にひどい拷問を加えた日本人の世界から離れようとはしなかった。そしてやがて彼はこの国で骨を埋めるにちがいないのだ。

そんなことを考えたのは、つい二週間前、私が冬のポーランドに滞在していたからである。ワルシャワでは毎日、粉雪が舞い、夕暮には灰色の靄《もや》が教会の丸いドームや凱旋《がいせん》門《もん》の見える広場を陰気に包んでいった。その広場には裸の樹木の間を寒そうに毛皮帽をかぶった人々が家畜の行列のように歩いていた。そんな寂しい、暗い風景は私に戦争の頃を思い出させたが、実際、この国にはまだ至るところに戦争の傷跡が残っていた。滞在中に私はアウシュヴィッツやダハウの収容所で生地獄の生活をした男女に何人も会った。彼等は当時の思い出にほとんど触れようとしなかったが、その一人の女性が、こうでしたわ、と悲しげに呟《つぶや》いて洋服の腕をめくり、その皮膚にまだ残っている囚人番号の入墨を見せてくれたことがある。四桁《けた》の数字が彼女の細い腕によごれたインキの染みのようについている。

「これで……おわかりになるでしょう」

その女性はアウシュヴィッツ収容所で少女の時、一年、過ごしたのだと言った。毎日毎日、たくさんの囚人が撲《なぐ》られ、蹴《け》られ、首をつられ、ガス室で殺されていく光景を幼い眼でじっと眺めねばならなかったのである。

「わたしはカトリックですけれど、そして人を許さねばならぬと知っていますけれど、彼等を……許す気持にはどうしてもなれません」

その婦人は私の眼を凝視して、はっきりとそう言った。彼女の息には玉ねぎの臭いがした。

「一生涯ですか」

「ええ。きっと、そうだろうと思います」

絶望と溜息《ためいき》とのまじったその声を私は滞在中、いつも耳の底で聞いていた。手をこすり、幼なじみがあげる六時のミサを固い椅子の上で待ちながら、私はまた、その声を耳もとで聞いたような気がした。そう呟いた時の彼女の玉ねぎの臭いのした息も蘇ってきた。

ボッシュ神父も同じでないと、どうして言えるだろう、と思った。神父の心の底に自分を叩《たた》き、蹴り、拷問をかけた日本人たちを許せぬ一部分が生涯、消えずに残っているかもしれないのだ。

聖堂の扉を開く音が背後でギイと鳴り、遠慮がちな跫音《あしおと》がした。ふり向くと三人の男がそれぞれコートをぬいでいた。長い間、会わなかったが、それが昔、遊んだ明さんや小池のヤッちゃんや栄太郎君であることは一眼でわかった。彼等の顔にも幼かった時の面影の上に埃《ほこり》のように人生や生活や年齢の集積がかぶさっていた。ヤッちゃんが私に気づき、片手をあげ、あとの二人に教えた。たがいに眼くばせだけをして、私たちは沈黙を守らねばならぬ寒い聖堂のなかにじっと腰をかけていた。

ミサの祭服を着た幼なじみが恭しく白布で覆ったカリスをかかえてあらわれた。そして二本の蠟燭《ろうそく》の火のともる祭壇でミサをたてはじめた。四人しかいない聖堂は静かで、時々、明さんのする咳《せき》の音が聞えるだけだった。

ミサの途中で、日曜ならば説教をする場面で幼なじみは私たちに十字を切り祝福を与えてから、

「皆さん、有難うございました。むかし同じ教会で遊んでくれた皆さんの前で私がミサをたてるのは嬉しいんです。私は神父になり、二十五年たちました」

と関西弁の発音のまじった標準語で挨拶をした。

「昔の友だちのなかで神父になったのは私だけですが、その代り、いつも皆さんのためにお祈りはしてきました」

うしろで跫音がした、ゆっくりと、静かに、その挨拶の邪魔をしないように歩いてくる。その跫音だけで私は背のまがった老人を想像した。ボッシュ神父は粗末な外套を着て両手の掌《てのひら》を重ねながら、前の席にそっと腰をおろした。短く切った髪は、ほとんど白くなり、そのうすい背中には体力の衰えと人生のさびしさの影があった。その背中を眺

めながら、私はこの神父もやがて間もなく、日本で死んでいくのだなと思った。

司祭館の食堂で寿司が出た。ボッシュ神父さんをかこんで私たちは麦酒《ビール》や水割りを飲んだ。自動車の部品工場を経営しているヤッちゃんも薬剤師の明さんも顔をすっかり赤くして、少年時代のあのこと、このことを次から次へとしゃべった。

「神父さん。周ちゃんはひどかったですよね」とヤッちゃんがボッシュ神父さんに声をかけた。「教会の尖塔《せんとう》によじのぼって、おシッコをしたのを憶えてはりますか」

「はい。憶えています」

ボッシュ神父さんは微笑しながら私のほうをふりむいて、

「よく叱りました」

「こわかったなあ、神父さんは」

「でも、そうでないと、メチャメチャでした。婦人会から苦情がよく出ました。怒らないと私が困りました」

「ほんま、婦人会のおばさんたちには睨《にら》まれとったからなあ、周ちゃんは。実際、あの頃の周ちゃんが小説家になるなんて考えもせんかった」

「そりゃそうだろ」と私は苦笑した。「自分だってそんなこと夢にも考えとらんかったもん」

ボッシュ神父さんはほんの少し麦酒のコップに口をつけ、寿司を幾つか食べた。長い間日本に住んでいる神父さんだが、その箸《はし》の使い方には何処《どこ》か、ぎこちないものが残っていた。

部屋には石油ストーブが平和で静かな青い火をたてている。私の記憶から、日曜日や復活祭、クリスマスの時にあの教会に来ていた信者の顔がひとつ、ひとつ思い浮かんできた。長い間、忘れていた顔だった。

「小牧さんという大学生がいたろう」

と私は何杯目かの水割りを飲みながら、

「彼、今、どうしていますか。あの人、ぼくたちとも時々、遊んでくれたね」

「知らんかったんか」と幼なじみが言った。「戦死しはったよ」

私は終戦の直後、東京に引越ししたからそのことは聞いてはいなかった。

「山崎さんも栗田のおじさんも、戦争で死んだよ」

「それは知っとるけど……」

「ほんま嫌やったなあ。戦争の時は。ぼくら、信者や、言うだけで、学校でも非国民とか、敵性国民と言って石投げられたり苛《いじ》められたもんなあ」

小池のヤッちゃんがコップの端を見つめながら、しみじみと呟いた。しばらく沈黙が続いた。

その時突然、皆の視線がボッシュ神父さんのほうにそっと向けられた。我々も苛められたが、神父さんだけが拷問まで受けたのだ。

神父さんの顔に一瞬、当惑したような、恥ずかしそうな表情がうかんだ。それから彼は無理に微笑してみせた。私の眼にはその微笑が泣き笑いのように見えた。許す気持にはどうしてもなれません、と言った時のポーランド婦人の玉ねぎの臭いのする息を私は思いだした。

「神父さん、疲れませんか」

と誰かが言った。

「いえ、大丈夫」と神父さんはうつむいて呟いた。「体の痛くなりますのは冬の寒い時だけです。春のきますと治ります。いつも、そうです」

（一九七七年五月、「野性時代」、原題「私の幼なじみたち」）

# 箱

原宿の仕事場に、仕事の合間に心をなぐさめるべく、幾つかの盆栽や植木鉢をおいている。盆栽といっても大したものではない。毎年、暑さの烈《はげ》しい折、涼を求めて上野の不忍池を夕景、散策する時があり、その折、植木市で買い求めた安物の鉢がいくつも並べてあるのだ。

仕事場に泊った時、眼をさますと、洗顔の後、まず小禽《しょうきん》に餌や菜っ葉をやる。それから植木鉢に水をかけてやるのが私の習慣なのだが、昨年の夏、仕事の用できた女性の編集部員がこう言った。

「御存知ですか。水をかけてやる時、植物に話しかけておやりになると、相手は理解するのですよ。嘘だとお思いでしょうが、やってごらんなさい」

彼女は下町の育ちの、やはり植木が好きな、心やさしい人妻だった。

正直いってそう言われた時、半信半疑だった。そんな莫迦《ばか》げたことがあるのかという気持と同時に、ひょっとして草木にも特別な能力があり、人間の言葉はわからずとも、こちらの願望は敏感に感じとってくれるのかもしれぬという気がした。

当時、一つの植木鉢に朝顔の苗を植えていた。子供の時から朝顔の好きな私は、しめきった仕事場の隅にも、朝方に大輪の花を見たかったのである。

彼女から教えられた翌日から、私はその朝顔に水をかけるたびに、

「たくさんの花を咲かせてくれよ」

と声をかけた。そして自分の声がいかにも相手から利得をせしめようとする猫なで声であるのを感じ、今度は息を吸いこんで真剣な呼びかけを行った。

この一方的な説得は毎日つづいた。その説得が功を奏したのか、その夏、たった一つしかない朝顔の植木鉢には次々とねじれた蕾《つぼみ》があらわれ、氷いちごのような色を帯びはじめ、二、三日すると眼をさました私に笑いかける花が待っていた。

それだけなら、私は別にふしぎに思わなかったにちがいない。夏がおわる頃、私が朝顔にかける言葉はちがってきたのである。

「枯れないでくれよ。いつまでも花を咲かせろよ」

そしていたわりの言葉をつぶやきながら水を注いだ。

その結果、驚いたことには、秋になっても朝顔の花は絶えなかった。もちろん、夏のように毎日一つや二つというわけにはいかなかったが、週に二つほどの花は私の眼を楽しませてくれたのである。

「みろよ。この朝顔」

と私は家人に自慢した。

「人間の言葉が通じているらしい」

「本当だわ」と家人は言った。「はじめて見ましたよ、十一月にも朝顔が咲くなんて」

「よし、こうなれば冬の間も咲かせてみる」

読者はおそらく私の次の言葉をお信じにならないかもしれない。しかしもし何かの時に私が雪のふる外で、大きな花を咲かせた植木鉢をかかえた写真をおめにかけられたら、どんなにいいだろう。

本当なのである。私のアルバムには、この記念すべき、そしてギネス・ブックにだって掲載されるかもしれない証拠写真がはりつけてある。

その日、東京は大雪がふった翌日だった。にもかかわらず、仕事部屋には大輪の赤い朝顔が両手を存分に拡げたように咲いていた。私は家人に写真を撮ってくれと頼み、植木鉢をかかえてマンションの前の外に立った。道ゆく人が眼を丸くしていた。私は黙っていたが大得意だった……

いったい、こんな話からはじめて、私は何を語りたいのだろう。そうだ。私が言いたいのは、心や言葉や能力を持っているのは人間や動物だけではないということなのだ。あなたたちがまったく物質だと思っているようなもの——たとえば石ころや木片にも、何かの力が宿ることがあると私は言いたいのである。

もう十年前のことだ。

私は夏の終り、信州の町を車で散策していた。小さな山小屋が中軽井沢というところにあって、そこで少し長い小説にとりかかり、夏の終り、別荘客たちがそろそろ引きあげる頃、やっとその作品もどうにか出来あがったので、小諸や上田や佐久のような信濃の匂いのしみこんだ古い街道町を訪れたくなったのである。

小諸や上田はもう何度も行ったことがあって、その時も案内知った者のような顔をしながら車をとめ、古い寺を覗《のぞ》いたり、ふと見つけた骨董《こっとう》屋のよごれた硝子《ガラス》戸をあけたりしたのだった。

昼すぎの静まりかえった上田の裏道に、潰《つぶ》れたような古道具屋兼骨董屋があった。たてつけの悪い戸をあけると、右側に昔の医師が使った箪笥《たんす》状の薬入れがおかれ、天井には自在鉤《じざいかぎ》がぶらさがっていて、上り口には田舎くさい小皿や杯洗がつまれていた。この頃は東京の骨董屋では随分、高くなったこれらの品物も、十年前の田舎町ではあまり人のかえりみない、安直な値で売られていた。

老婆が一人、長火鉢によりかかりながら新聞を見ている。

私はあれこれの品物をひっくりかえした揚句、

「何だろ」

とひとつの箱に眼をやった。千代紙を木箱にはりつけた何の変哲もない箱だったが、そのなかに陽にやけてすっかり変色したかなり沢山のパンフレットがのぞきみえたからだ。それはプロテスタント教会の聖歌集やパンフレットや子供用のイエス物語だ。更にそのなかには古びた聖書が入っていた。聖書をめくると湿気で染みのついた頁から絵葉書が何枚か出てきた。

絵葉書には横文字の文章が書かれている。裏をかえすと外国の都市風景の写真が印刷されていたり、サンタクロースの絵が刷られている。更にその奥にはアルバムらしいものが突っこんである。

御承知かもしれぬが私は小説家という職業と関係なく好奇心の非常に強い男である。あの時、色あせたこのアルバムをとり出してなかを覗いてみたのもその好奇心の虫がなせる業だったろう。

ところが、アルバムには、なぜか、三枚の写真しかはりつけていなかった。というのは、明らかにそこに七、八枚の写真が剝《は》ぎとられた痕《あと》があったからである。

「お婆さん」

と私は長火鉢によりかかっている老婆にたずねた。

「この箱は売りものですか」

「どの、箱、ですかね」

老婆はゆっくりと立ちあがり、そばに近づいてきて、

「ああ、売りもんは売りもんだけど、そんながらくた、買《こ》うても仕様ないでしょ」

「本当だね。こりゃ骨董と言えないしね」

「おそらく軽井沢の外人さんの家で、ほかの品物と一緒に持ってきたんだねえ。主人が……」

と老婆はなつかしそうに言った。

「御主人が」

「戦争が終ったあとは、外人さんの別荘で家具や柱時計を売ったからねえ、その時、何かにまぎれて、持ってきたんでしょ」

「これ、いくらですか」

老婆は私をじっと見て、憐《あわ》れむように、

「こんなもの、そうねえ、ただでいいですよ、紙屑だから」

「そうは、いかないよ」

いくら置いたか、憶《おぼ》えていない。おそらく五百円ぐらいしか手渡さなかったのではないだろうか。しかし、老婆はしきりに礼を言い、しかしこんなものを買った私を馬鹿にしたような眼つきもした。

そんな、文字通りガラクタを買ったのは古い聖書やアルバムにはりつけられた三枚の写真のうち一枚が、戦争中の軽井沢の旧道をうつしたものだったからだ。

旧道というと古めかしい呼名だが、現在ではメイン・ストリートになっていて、夏になると東京からの出店がまるで洋菓子の箱のようにずらりと開店する。そして同じような恰好やスタイルをした青年男女が芋《いも》の子を洗うように歩きまわっている通りなのだ。

だがそこに写っている軽井沢の旧道は戦争前か戦争中のものらしく、暗く、わびしく、陰気で、まるで映画撮影が終ったセットの通りのような風景だった。

しかし、そういう風景を私は戦争中、この町に一、二度、来た経験があって憶えていた。

その思い出のためにも、また珍しさのためにもこの千代紙をはりつけた木箱を手に入れて損をしたとは思わなかった。

その夜、私は自分の小屋の食堂で、小さな電気ストーブを椅子のそばに引きつけて——というのは夏の終りでも雨がふると私の山荘のあたりは随分と肌寒くなるからである——木箱に入っていた絵葉書の写真やそこに書きつけられた文字を読んだ。

さいわいなことにその文字は私がどうにか読める英語と仏蘭西《フランス》語のものが数枚あって、あとは読解不可能の独逸《ドイツ》語のものだった。しかしその宛名で私はこの絵葉書の受取人の名が仏蘭西風のマドモアゼル・アンリエット・ルジェールさんという名の女性であることがわかった。

しかし、その名が仏蘭西的だといっても、この女性が仏蘭西人だとは断定できぬ。ベルギー人にもそんな名はあるだろうし、カナダ人でも同じような名がありうるからだ。とに角、もう時効を過ぎたものだから、と勝手な弁解を心のなかで呟《つぶや》きながら私はその葉書の文字をぽつり、ぽつり読みはじめた。

内容はどれも友人、知人のもので、日本にいる彼女の父親の健康や消息をたずねたり、自分たち夫婦は、マドリッドにいるが友だちのブランジュ夫人の家では赤ん坊が死にましたとか、ローマでも生活がしにくくなったとかをのべた知らせのようなものだった。

この頃はトルストイやツルゲネフを読んでいますとか、子供の消息を書いたものもあった。日本はオペラのマダム・バタフライに出てくるような国ですかと半ば冗談風にたずねた葉書もあった。

時々、電気ストーブに足を近づけたり、引っこめたりしながら、このアンリエット・ルジエールさんという女性はどんな人かと思った。

ひょっとしたらプロテスタントの宣教師の細君ではないかと思った。というのは軽井沢にはむかしからカナダ系の宣教師たちが避暑に来ていたと聞いたことがあったからである。

あるいは私がむかし五、六度出席して、その後、やめてしまった御茶の水のアテネ・フランセに同じような名の先生がいたような気がした。

アルバムの写真は旧道の風景のほかに外人の女性たちが日傘を持って花をつんでいる写真――そこには日本の子供が二、三人まじっていた――そして旧道の下に昔、走っていた草軽電鉄の駅風景のものだった。どれも、黄ばみ、色あせて、時間の流れを私に感じさせただけだった。私はこの風景のなかの外人や日本人の男女も今はもう死んでしまっているんだな、などとぼんやり考えた。そんな暗い想念にかられるのも私の年齢のせいだろう。

数日後、私はアルバムからはがした写真を持って、夏の終りだというのに、まだお祭りの日のように賑わっている旧道を散歩した。そして時々、ぼけた写真と見くらべながら、同じ場所がこんなに変っているのを確認しては驚いたり、楽しんだりしていた。

（そうだ）

とその時思った。

旧道を登ったところに昔、作家の堀辰雄氏たちがよく利用した「つる屋」という古い旅館があって、その近くの裏路に洗濯屋がある。そこの主人なら戦争中の軽井沢のことに通じていることを思いだしたのである。

（あの、おじさんに聞いてみたら、どうだろう）

私はバーゲンとか、ディスカウントという広告をべたべたにはりつけた店屋を何軒も通りすぎ、ソフト・クリームをなめながらテニス・ウエアで散歩をしている若い男女の群に何度もぶつかられて、土屋というクリーニング店の前に出た。

あいにく、主人は仕事でいなかった。私は彼の奥さんに写真をわたし、この写真にうつっている人を知っているかと訊ねた。

「わたしは岩村田の在だものねえ」と彼女は首をふった。「戦争の時のここは知らないですよ。主人が戻ったら電話をかけさせます」

写真をあずかってもらって私が中軽井沢の山荘に戻った時、電話の音が鳴っていた。

「仕事でね、出てたもんでね、すみませんでした」

「奥さんに説明しておいたけど、写真の外人は知っている？」

「ルジェさんですよ。知ってますよ」

洗濯屋の主人はルジェールさんのことをルジェさんと言ったが、おそらく彼女は軽井沢で土地の人から、そう呼ばれていたのだろうと思った。

「あの人は……愛宕《あたご》山のほうに住んでいて、まだ別荘は残ってますよ。戦争が終って日本人が買ったけれどね」

愛宕山は旧道の裏手にある。友人が一夏、そこで過したが、湿気が強いと不平をこぼしていた。しかし軽井沢では古くから別荘ができていた場所だ。

「しかしねえ、どうしてルジェさんの写真が先生の手に入ったのかね」

「それが……上田の骨董屋で偶然、見つけたんですよ」

「上田ねえ」

と洗濯屋の主人はなぜか、しばらく沈黙した。その沈黙から私は何かあるな、という臭いを嗅《か》ぎとった。それは小説家の勘のようなもので、その勘が意外と当るのである。

そして次に書くのは翌日、主人が私の持っていったウイスキーを飲みながら、ぽつり、ぽつりと話してくれた話の要約である。

戦争中の軽井沢は今の若い者が想像できないような暗い、陰気な、時には陰惨な空気が漂っていた。それはここに疎開という名目でさまざまな国の外国人が集められ、外見こそ普通の生活を送っていたが、実は日本の特高警察や憲兵のひそかな監視を受けていたからだった。

その上、彼等は最初の頃は特別配給といって日本人よりはましな食糧の配給を受けていたが、やがてすべてが逼迫《ひっぱく》すると、地方に縁故がないだけに闇の米も芋も手に入れられず、飢えに苦しんだ。だから彼等は軽井沢近辺の村を歩きまわっては卵や牛乳を売ってくれとたのみまわっていた。

ルジェさんは(ルジェールさんが本当の発音なのだが)昔から夏になると軽井沢に避暑をかねて布教にきていた牧師一家のお嬢さんで、彼女が十九歳の時に、日本人のお母さんが結核で亡くなったあとも年とった父親の面倒をみながら東京の某国大使館のタイピストをしていた。戦争が烈しくなりかけると日本政府は外国人に帰国を勧告したが、中立国人のルジェさんの父親は病気を理由に日本で生活することを申請して許可されたという。

東京が連日のように空襲をうけると、ルジェさんの勤務していた某国大使館も軽井沢に避難疎開をしてきた。そしてルジェさんも病身で老齢の父親と一緒に愛宕山の自分たちの山小屋に移った。

彼女は幼い時から夏は軽井沢に来ていたから町の人ともよく知っていた。だから最初の頃は何とか食糧を手に入れることもできた。

だがやがて町の人自身が自分たちの食べ物に苦しみだすと、ルジェさんとその父親に米や芋を廻してやれなくなってきた。地味の貧しいこの土地ではたくさんの収穫がある筈はない。

外人たちがリュックを背負って、古宿や追分のほうまで買出しに自転車で出かける姿はその頃、珍しくなくなっていたが、ルジェさんもその一人だった。しかし、古宿や追分の農家も他人にわけるほどの米も麦もなかった。

東京で空襲があると焼け出された人たちが徒歩でこのあたりまで逃げてくることがある。そんな人たちは通りかかった農家で食べものを乞うたが、それが毎日のようになると村の人たちも断わるようになり、ある夜、氷室《ひむろ》といって冬に切った氷を入れておく室《むろ》のなかで、藁《わら》を口にくわえた男が死んでいたことさえあった。

そういう状態だったから外人たちが誇りも捨てて物乞いのように食糧を哀願しても、

村の人たちはやむをえず首をふらねばならなかったのである。

ルジェさんがその日本人の青年と知りあったのはそんな日々だった。彼女が軽井沢から離れたこの集落で父親のために牛乳と馬鈴薯をほしがっては次々と断わられた時、自転車にのった青年がそばを通りかかった。

丸がり頭の作業服を着た素朴そうな青年はルジェさんの話をきくと、たった今、断わった農家の主人に話しにいってくれた。そして戻ってくると、

「少しならわけてくれるそうです」

と話をつけてくれた。少しどころか、リュックいっぱいの馬鈴薯を主人は売ってくれたのだった。しかも青年は親切にも自転車の荷台に彼女のリュックをのせて、駅までついてきてくれた。

「時々なら、芋ぐらい、ぼくが届けていいです。住所を教えてください」

と汽車の音が山並の遠くから聞えた時、青年はぶっきら棒な調子で言った。

「軽井沢なら用があって行くことがあるから」

彼は土地の郵便局に勤めているのだと言った。まだ兵隊に行かないのかとルジェさんがたずねると、一度、入営したが肋膜《ろくまく》のため即日帰郷となったと答えた。しかし、体がよくなったので再度の召集を待っているとうちあけた。

他人の親切や言葉などあてにしてはならぬ時代だったが、ルジェさんはこの青年が本当に食糧を持って軽井沢まで来てくれそうな気がした。それほど彼の顔には田舎の青年らしい真面目さがあったからである。

しかし二週間たっても三週間たっても彼が現われなかった時、ルジェさんの期待は消えた。

青年が出現したのは秋がくれ、陰気な長雨が続く寒い日だった。約束通り、彼は馬鈴薯のほかに林檎と瓶に入れた山羊の乳を持ってきてくれた。大使館から戻った彼女はロッキング・チェアに腰かけた父親のそばで青年が枯枝を折って煖炉《だんろ》の火をたいている姿をみてびっくりした。老弱な父親はもう力仕事ができなかったから、青年はルジェさんが帰宅するまでの間、何か働かせてくれと言って薪《まき》を割ってくれたり、鋸《のこぎり》で丸太をひいてくれたりしたそうだ。

馬鈴薯をふかした晩飯に青年はつきあってくれた。ルジェさん親子には香港のジャスミン・ティの他になにひとつ彼をもてなすものはなかった。

「あの日本人はいい青年だ」

雨のなかを青年が帰ったあと、父親は微笑しながら言った。

「本当ね」

とルジェさんは答えた。

それが切掛けのように青年は以後、たびたび訪ねてくるようになる。いつも、そっと何かを持ってくる。もう絶対に手に入らない大和煮の缶詰までも持ってきたことがあった。

「大変なものですよ、これは」

びっくりして彼女がたずねると、

「親類の者がくれました」

とそれだけぶっきら棒に答えて黙りこんだ。何という親切な人だろうとルジェさんは思った。彼女はお礼に一冊の本を紙に包んでわたして言った。

「これは心のたべものの本です。あなたはわたしと父に体のたべものをくれました。だから心のたべものをお礼にさしあげます」

心のたべものとは聖書のことだった。ルジェさんの父は牧師だったし、彼女も同じ信仰を深く持っていたから、この純な青年が神の教えを知ることを何より望んだのである。

青年は本を受けとって、ぱらぱらとめくった。

「読んでみます」

と彼はそれを肩にさげた袋のなかに入れた。

彼女はもっともっとこの青年の純朴な性格に磨きをかけたいという、姉か母の愛情に似た気持にかられた。

「あの……警察の人がうるさいから、そっとやりますけど、今度のクリスマスの夜に旧道の教会にわたくしも父も友だちも集まります。そしてお祈りをします。藤川さんいらっしゃいませんか」

藤川というのはその青年の名だった。藤川はこの言葉を聞いた時、一瞬、顔をこわばらせたが、

「夜ですか」

「ああ、遠すぎますね。あなたの村から」

「ええ、でも……友だちと来ていいですか」

「いいですよ。その人は女の人ですか」

「いや」と藤川は顔をあからめ「男です」

ルジェさんの心には藤川の友人なら信頼ができるだろうという安心感があった。

クリスマスの夜、軽井沢に疎開をしている外人たちが十四、五人ほど教会にやってきた。藤川と友人とは姿をなかなか見せなかったので、皆は八時頃から祈禱をはじめ、ルジェさんの父親が椅子に坐ったままイエスの降誕について話をした。

その話の途中、ルジェさんは教会の窓から藤川ともう一人の田舎者っぽい中年の男がこちらを覗いているのに気づいた。

神はやはり素晴らしいクリスマス・プレゼントをくださったのだとルジェさんは嬉しかった。微笑《ほほえ》みながら二人を中に入れ、父親の説教が終ってから集った知人に紹介した。中年の男は外人たちの前で頭をしきりにさげ、恐縮しきっていた。祈りをふたたび続け、クリスマスの式が終ると皆はそれぞれ持ってきた手製のパンととっておきの紅茶とで十二時ちかくまで談笑したが、二人の日本人はルジェさんや日本語のできる外人に通訳をしてもらい、結構たのしそうだった。皆が足音を忍ばせて外に出た時は、夜の寒さはきびしかったが、星が鋭く光りかがやき、聖夜のイメージにふさわしかった。

その翌日、ルジェさんがいつものようにタイピストとして勤めている某国大使館の疎開先に行こうとすると、一人の見知らぬ男が道の途中で待っていた。

「ルジェさんだね」

「はい」

「憲兵隊の者だ。話があるから来てください」

男の声には有無を言わさぬ響きがあった。彼は驚愕と恐怖とで棒立ちになった彼女にぴたりと身をよせ、凍《い》てついた路を旧道のほうにつれていった。

当時、軽井沢には駅のすぐそばに憲兵隊の詰所があり、汽車からおりる客のなかで怪しい者を調べることもあった。しかしルジェさんが連れていかれたのはそこではなく、一軒の別荘だった。別荘は広い庭にかこまれ、隣の家と隔りがある。

彼女は火のない火鉢と粗末な机と二つの椅子とだけがおいてある部屋に入れられた。装飾も何もない、むき出しの壁がひどくよごれ、葉の落ちた冬の林が窓の外にみえた。やがて足音がして扉があき、なかに入って来たのは、昨夜、たずねてきた藤川と、たしか小野という中年の男だった。昨夜とちがって小野には卑屈でおどおどした様子はまったく消え、横柄《おうへい》に椅子に足をひろげて腰をおろした。藤川はその背後に立った。

「国籍は外人だが、あんたのお母さんは日本人だ。あんたは日本人としての気持でここにいるのかね、それとも外人としてここにいるのか」

と、小野は笑いを浮べながらたずね、そして怯《おび》えきったルジェさんから日本人の自覚を忘れていないという言質《げんち》をとると、急にものやわらかな声をだし、

「じゃあ、日本のためにひとつ、働いてもらおうかね」

と切りだした。その間も藤川は背後にこわばったあの実直そうな顔で立っていた。

手伝いというのはルジェさんが勤務している某国大使館にどこから電話がかかってくるか、また郵便はどこから来ているかを教えてもらいたいと言うのだった。

「どうだね、嫌かね」

と小野は机を人さし指でこつこつと叩きながら呟いた。窓からみえる林のなかで野鳥が悲鳴のような声で鳴いた。

ルジェさんはまったく知らなかったが、その頃、軽井沢では疎開した反東条英機派の重臣を中心にひそかな和平工作が進められ、その工作の橋わたしをルジェさんの勤務する中立国に依頼するという計画が進められていた。憲兵隊としては当然、その動きに眼を光らせていたのだ。

ルジェさんは怯えながら首をふった。そんな卑劣なことをするのは彼女の信仰がゆるさなかった。

「そうか、嫌か、それは困りましたねえ」

と小野はゆっくりと言葉をのばして言った。

「じゃあ、藤川にかわってもらおうか」

そして小野は椅子から立ちあがり、

「女だといって加減しなくていいぞ」

と言うと姿を消した。

「悪いことは言いません。協力してください」

と藤川はルジェさんに懸命な声をだした。

「そうしないと、私があなたを痛めねばなりません。あなたのお父さんも痛めるかもしれません。我々が頼んでいることは日本の戦争のためにとても大事なことですから」

ルジェさんは老いて衰弱した父を痛めると聞いた時、体が震えた。

「やめてください。お願いします」

「私には何もできません。私だってこんなことはしたくないが、命令は命令ですから」

「わたしには……できません。とても、こわくて」

「大丈夫です、わからぬようにやればいいんです」

その時、小野がふたたび入ってきた。

「藤川、どうだ、承知したか」

「いえ、承知すると思います」

小野はルジェさんの髪をつかむと机に押しつけた。

「昨夜の集りのなかに、あんたの上役がいたろう」

そして強い力で頭を更に押した。

「甘くみるんじゃねえぞ」

「一日、考えさせてやっては如何でしょうか」

と藤川が横から助け舟をだしてくれた。鞭《むち》と飴《あめ》とを交互に使うのが彼等の手段だった。その日は釈放された。しかし翌日も彼女を一人の男が凍てついた道に待っていた。老いた父のことを思うとほかに生きる道はなかった。ルジェさんは承諾した。

だがルジェさんにとって幸いなことには、大使館には憲兵隊が怪しむような電話はなかったし、手紙も和平工作に関係していると見られていた日本人からのものは一通も見当らなかった。はじめはルジェさんがかくしているのかと小野は疑ったが、藤川が凍った水道の修繕をする水道屋にばけて大使館に入った時もおなじ結果だったのである。和平工作をしている人々も憲兵隊の動きを察知して、そんなへまはやらなかったのであろう。

洗濯屋の主人からルジェさんの話を聞いた時、私はなぜ、そんな出来事を知っているのかとたずねた。

「そりゃ、そうですよ、うちの従兄《いとこ》がその頃、警察にいたからね。戦争が終ったあと、話してくれたんです」

私はそれほど、この話をきいても驚かなかった。というのは当時、軽井沢で憲兵隊がもっと怖しい事をやった話を別の人から取材したことがあったからだ。それについて私は既に別の小説で書いたし、それを変形して「薔薇の館」という戯曲を上演したこともある。

だが洗濯屋の主人の話はそこで終ったのではなかった。

「戦争が終って、一年ほどたって、ルジェさんの父親は病死したし、あの人はまだ東京に戻らず、愛宕山に残っていたけれどね。タイプと外国語を若い女の子に教えながら教会の仕事もしたよ」

そして、ある日、長野からM・Pの乗った米軍のジープがルジェさんを探しにやってきた。父親が死んで半年ほど経過してからのことである。その頃は東京をはじめ、日本の至る所はまったく焦土のままで、飢えと寒さとで人々は二度目の秋を迎えようとしていた。そして戦争に協力して犯罪を犯したという人々が次々に取調べを受け、裁かれている時でもあった。

彼女はジープに乗せられて長野市に連れていかれた。そして米軍の取調官から戦争中における彼女の行動についてたずねられた。憲兵から拷問をうけなかったかと質問されたのである。

ルジェさんは首をふった。取調官の中尉はふしぎそうに本当か、とたずねた。本当だと彼女は答えた。

「では、あなたはこの男たちを知らないか」

彼はM・Pに命じて扉をあけさせた。扉のかげから痩せて頰肉の落ちた藤川と小野とが米軍の作業着を着てあらわれた。

「あなたは、本当にこの男たちから何もされなかったのですか」

その瞬間、ルジェさんはあの冬の朝、髪の毛をつかまれ、机に頭を押しつけられ、脅迫と威嚇《いかく》とを受けた瞬間のことをまざまざと思いだした。言いようのない怒りが彼女の胸に拡がった。

「何もされなかったのですか」

「この人たちを憶えています」

とルジェさんは答えた。

「この人たちは……私に……」

そして言葉をきった。

「わたしと父とに馬鈴薯をくれ、山羊の乳をくれた人たちです。その頃、私たちは飢えていました」

通訳が藤川と小野とにたった今、ルジェさんが答えた言葉をそのままに伝えた。小野も藤川も眼を伏せたままその思いがけぬ返事を聞いていた。

「ずっとあとになってね、東京で入院しているルジェさんのところに二人のうちのどちらかがたずねてきたそうだなあ。おそらく礼を言いにきたんだろうがね。ルジェさん、癌にかかって駄目だったそうだ。気の毒な人だったねえ」

私は戦争の最中、中軽井沢にちかい古宿という集落に半月ほどいたことがある。学生だったが、その頃、私の泊った農家にもたどたどしい日本語を使って卵をくださいとたずねてきた外人の女性がいた。

そうした疎開の外人たちのなかにルジェさんのような女もいたわけだ。

洗濯屋を出て私は旧道の裏道を歩いてバスの停留所に向った。その裏道にも若い男女が貸自転車を乗りまわしたり、写真をとりあっていた。

山小屋に戻って、あらためて箱のなかのものを見なおしてみた。ルジェさんことルジエールさん宛の葉書をぼんやり眺めているうち、突然、妙なことにきづいた。

葉書の差出人の名はまちまちだが、その住所が妙なのである。たとえばローマ市ルカ街何番地と書いてある。マドリッド市マテオ通り何番地と書いてある。ルカとかマテオとかは聖書中の四福音書の名称である。しかもそれぞれの葉書の住所はすべて福音書の名がつけられていた。

私はじっとしばらくそれを見ていた。それから思いついて、これも木箱に入っていた古ぼけた聖書を出した。かびくさく、湿気で茶色に変色している聖書だった。

葉書の住所番地がローマ市ルカ街十―四ならばルカ福音書十章の四節を調べた。そこには「人々の家に入ればまずこの家に平和あれと言うべし」と書いてある。そしてその葉書にはブランジュ夫人のお宅では赤ちゃんがジフテリヤで死んだそうです。気の毒です。しかし夫人は精神的にたちなおりました、と書いてあった。

私はその時、はっとした。勝手な推測かもしれぬがそれは和平交渉が駄目になったという暗示ではないかと思ったのである。

次の葉書はマドリッド市マテオ通り二七―一という住所で「この頃はトルストイやツルゲネフを愛読しています」という文字が消息のなかにふくまれていた。マテオ福音書、二七の一節は聖書をわざわざ開くまでもなく、イエスをどう殺すかを協議するためにサドカイ派の祭司の会議が開かれたことをのべた箇所である。トルストイやツルゲネフはロシヤの作家である。私はこの二つを結びつけて、戦争の終結のため米英ソのヤルタ会談を連想した。

しかし、もちろん、それを裏づける何ものもない。すべて私の想像にすぎない。

しかしひょっとすると先に帰国したルジェさんの友人たちはこのような形で本国でわかっている戦争のニュースを彼女の父親と彼女に知らせたのではないだろうか。

そして……そしてこれらの絵葉書を彼女はあるいは聖書のなかに入れて教会の祈禱台

においておく。誰かがそれを開き、誰かに連絡する。

興奮した。しかしそれは根拠のない興奮であって妄想かもしれない、とも思った。それにしてもルジェさんはこの聖書や葉書が彼女の死後、誰かに——たとえば私の手にわたることを願ったろうか。いや、実は、事の真相をこめた何枚かの葉書がひとつの念力となって私のような男に読まれるのを長い歳月のあいだ木箱のなかでじっと待っていた、そんな気がしきりにしてならないのである。

右のような荒唐無稽で不合理なことを考えるのは、私がもう老いたからかもしれない。だからこそ、毎朝、仕事場の植木鉢のひとつひとつに私は話しかけるのだ。植物も話がかわせると思うし、木や石も人の思いのこもった葉書もそれぞれ、ひそかな声を出しているような気がするからである。


（一九八五年二月、「小説新潮」）

# 白い風船

おじさんにも君たちと同じぐらいの一人息子がいる。名前をそのまま、ここで使いたいのだが、使われるのはイヤだと当人が言うから凡太ということにしておこう。

おじさんの見るところでは、凡太は朝から晩まで母親にしかられている。学校に遅れるわよ、としかられ、忘れものをしたの、としかられ、マンガばかり読まずに宿題ぐらいしたらどう、としかられ……。いやもう、しかられるためにこの地上に生れて来たのではないかと思われるぐらいだ。

おじさんのほうは余りしからない。なぜしからないかと言うと、大人物の男というものはクダらぬことを女のようにガミガミ言わないのである。

凡太が最もしかられるのは、君たちも同じかも知れないが、テレビの見すぎである。晩ご飯の時なども、ハシを動かすのさえ忘れて、をとめてしまう。

「あなたのお名前なんてぇの」

アベック歌合戦を放心したように見ているため、おじさんといえどもパチン、テレビ

「見たければ、ご飯をちゃんと、たべてからにしなさい」

しかし凡太は毎朝、学校に行きがけに新聞のテレビ欄を見ては、今日はこの番組があるのかと調べておく。授業中でも気に入ったその番組のことを考えると、胸がわくわくとしはじめ、こんな授業なんか早く終らないかなあという気持になるのである。

学校で友だちがよく見ている番組は大体、同じだ。プロ野球にタイムトンネルのようなSFもの。女の子はグループ・サウンズにコント55号が評判がいい。

凡太は二年生のころ「忍びの者」という連続ドラマに夢中になり、あの格好はすごくカッコよく勇ましいと思った一時期があった。そして自分も出来るならば、こんな学校などやめてどこか山の奥に行き、忍者たちの仲間になってその修行をしたいと真剣に思った。

「それはかなりムツかしいだろう」

と凡太の父親は答えた。

「忍者には相当な運動神経がいるからな。お前みたいに運動会でビリから三番目ぐら

いだと、忍者グループのほうでも採用しないのではないか、やはり学校にマジメに通うんだな」

しかし凡太の、一度でいいから忍者たちに会ってみたいと思う願望は消えなかった。

東京といっても、新宿から電車で一時間もかかる郊外に彼の家はあった。まわりには至るところに林や丘が散在していた。その丘のはるかかなたに晴れた日には、くっきりと大山や足柄山や丹沢の山々が見え、晩秋の夕暮には、山は夕焼けであかね色にそまる。そのあかね色に燃えた山々を、窓にほおづえをつきながら見ていると、

(ひょっとすると、あそこで彼等は修行しているのかもしれない)

そんな想像が凡太の胸に起り、もう、どうしようもないほどわくわくするのである。

しかし山はここから余りに遠すぎ、凡太の足ではとても、たどりつけぬ気がした。

そんなある日のこと、今日もあかね色の山々をながめていた凡太はもうがまんしきれなくなり、ともかく、あの山の方角にむかって歩けるだけ歩いてみようと思いたった。

飼っているクウという犬をつれて家を出た。クウは近所の牛乳屋からもらった雑種の犬だが、寝ては食べ、食べては寝るだけしか能がないので、凡太の父親が「よく食う」からクウにしようと名づけたのである。

このお人好しのクウはいつものように凡太のあとをどこまでもついてきた。ずいぶん、

遠くにある向坂さんの家もすぎ、雑木林を下り、養鶏園を通ると、そこから斜面の畑になった。畑の上にひろがる空は、もはや暮れはじめていたが、山はまだまだ遠く、一向に近くならなかった。凡太は何だかこわくなり、もう帰ろうかと思いはじめた。

その時、凡太は見たのである。向うの丘の中腹に白い建物があって、それに続く畑に五、六人の忍者が歩いているのを見たのである。たしかにそれはテレビに出てくる忍者そのままの格好をしていた。黒い覆面に黒い装束を着て、刀こそ腰にはさしていなかったが、一列になって歩いていた。遠くて一人一人の顔はよくわからぬが、忍者たちはその丘の中腹にたちどまると、こちらをじっとながめていた。まるで凡太が自分たちの仲間にはいるのを待っているかのようだった。

あれほどあこがれていた忍者なのに、今、それを目の前に発見すると、急にこわく不安になり、凡太は懸命にかけだしていた。そのうしろをクウがびっくりしたように追いかけてきた。

母親はその話をきくと、またしかった。

「バカをいうんじゃありません。忍術使いなど、今いるはずないでしょ」

「でもたしかに見たんだもの」

凡太の父親は真実を息子に教えるべきか否かを迷ったが結局、黙っていることにした。

彼自身も子供の時、大人には決して見えないものを見たことが幾度もあった。夕方の巨大な雲のなかにアラビアの宮殿があり、その宮殿のなかでベールのような衣服をまとった女たちも確かにその目で見たにかかわらず、大人たちはその話を信じてくれず、信じてくれないだけでなく、しかられた記憶がある。あれはもう遠い昔の思い出だが、その思い出は今でもなつかしかった。

「放っておけよ。凡太はたしかに忍者を見たんだろうから」

父親は母親にむかって、それ以上、息子の夢をぶちこわさないよう目で合図した。凡太の見たものが、忍者たちでなく、あの丘の一つに、あるキリスト教のカリタス学院とよぶ修道院があって、そこに住む修道女だったことを父親は知っていた。そして彼女たちの黒い修道服が、子供の目には忍びの者の装束さながらにうつったことも父親は知っていた。

四年生の時、凡太が欠かさず見たのは「インベーダー」という外国テレビ映画で、人間の姿をして地球征服にやってきた宇宙人と、そのただ一人の目撃者であるビンセント青年のたたかいは、翌日は必ずクラスの話題になり、遊びの種となるのだった。

このころから凡太はそのテレビ映画のはじめにながされる「遠く暗い宇宙の底から地

球をめざして飛んで来るもの、われわれはそれをインベーダーとよぶ」という低い男の言葉にすっかり、のぼせてしまい、しきりに天体望遠鏡を買ってくれとせがみはじめた。星を観察するためではなく、ビンセント青年と同じように自分も宇宙人インベーダーたちを、あるいは目撃できるかも知れぬという不安と好奇心が彼にその欲望を起させたのだった。

そのために彼は三ヵ月の間、父親の車を掃除して、やっとクリスマスに待望の小さな天体望遠鏡を買ってもらった。

この時も夢中になった凡太は学校から帰ると、すぐ二階にかけあがり、白い筒のようなこの小型望遠鏡で四方八方をのぞくのであった。近所の人たちは、電話をかけて彼の母親に苦情をいった。

「困りますよ。望遠鏡でひとの家をのぞかれちゃあ」

母親は電話口でペコペコとあやまり、この時凡太はひどくしかられたのである。

正月がすぎて二月の寒い日が続いた。そのある日の夕方、母親はマーケットに買物に出かけて、彼は一人で留守番をしていた。

母親のいないことをいいことにして彼は望遠鏡をもち出し、禁じられていた二階の窓から夕暮の空や遠くをのぞいてみた。飯田さんの家は雨戸をしめていた。佐藤さんの窓の奥で子供が遊んでいた。最後にそれらの家のずっと向うに焦点を合わせると、木一本もない真茶色の丘があった。丘にはブルドーザーが一台、おき忘れられて、つむじ風が小さなたつまきを起していた。

凡太はまたしても見たのである。冬の夕暮、だあれもいない、この真茶色の丘にくるくると砂ぼこりが巻きあがり、その砂ぼこりのなかに驚くべし、クラゲのような形をした円盤が舞いおりつつあるのを。

円盤はまるで無重力の物体のように地上から五メートルほどの高さで停止していた。すべてがテレビ映画「インベーダー」で凡太が知っているのとそっくりの形と動きとを示していた。

家のなかは静かだった。母親はまだ帰っていない。こわさの余り、彼は足が動かなかった。自分があのデビット・ビンセント青年と同じようにこの地球のなかで、円盤を見て宇宙人たちの侵入を目撃した人間になってしまったのである。

彼はふたたび望遠鏡を目にあてた。黄色い砂ぼこりは消え、一台のブルドーザーのほか、真茶色の丘には人影は全くなかった。テレビによれば円盤は特殊な装置により地下にもぐりこみ、乗組員もそれと共に姿を消すのであった。凡太はすべてが終ったような気がした。

「ほんとに、もういい加減にしてちょうだい」

晩ご飯の支度に忙しい母親は、凡太の驚くべき報告にたいして、いかにも情けないというようなふかいため息をかえしただけだった。間もなく外出から戻ってきた父親でさえ、面倒くさそうに夕刊をひろげながら、

「うん、うん、なるほど」

いっこうに興味のない顔つきをしたにすぎなかった。

だが、それらは凡太をしょげさせるどころか、逆に自分の見たことをますます信じさせた。なぜならテレビのなかでも、目撃者ビンセント青年は無理解な世間の人々から一向にその言葉を信じてもらえず、時にはあざけられたり、バカにされたりしたからである。

翌日、凡太は級友に昨日見たことを語ったが、あまり信じてもらえなかった。半信半疑の連中もいるにはいたが、授業がはじまるとみんなは、もうそのことも念頭になくなったようだった。かわいそうに凡太はもはや、ビンセント青年と同じく自分以外、だれ一人として頼れぬ身となったわけである。

それでも彼は放課後、末次君という友だちを誘って、名犬クウをつれ、あの真茶色の丘まで探検してみることにした。初めは信じなかった末次君も、だれもいない裸の丘に近よるにつれ、

「帰ろうよ」

と小声で言った。その日も丘の上にただ鉛色の冬空がひろがっているだけであった。寒い風が上から吹いてきた。「帰ろうよ」末次君はいった。「ぼく何だか気味が悪いや」砂ぼこりが丘の頂で舞いあがって、鉛色の空にのぼっていった。突然、その砂ぼこりのなかから巨大な男の影がみえた。

「わっ」

凡太も末次君も夢中で走りだした。走りだしながら、ふりむくと、作業用のヘルメットをかぶってジャンパーを着た人が頂から、こちらを見つめていた。

「宇宙人だ。人間にばけているんだ」

と末次君はかすれた声で凡太にささやいた。


やがてその丘にまるで色とりどりのキノコのようにたくさんの家が建ちはじめた。赤い屋根の家もあれば、緑色の屋根の家もできた。白い煙突をもった二階家もあれば、小さい芝生の庭をもった洋菓子のような家も建った。そして朝になるとそれらの家から人々が駅の方にむかって流れていくのであった。

六年生になった凡太は時々、望遠鏡でそちらをながめることもあるが、もう昔のように空飛ぶ円盤をそこに見ることはない。夕暮の丘の斜面に忍者たちを発見するようなこともなくなった。

いつから自分がそうなったかは凡太自身にもわからない。

「来年は中学生なんだから、もう大人みたいなものよ」

と母親はいう。凡太もそう思う。

しかし冬の夕方、真赤にもえる山をみながら凡太はむかしの自分はふしぎだったなあとつくづく思う。大人になるということは、ふしぎなことをもう見られなくなることなのかと考える。

そんなある日曜日、空がよく晴れている午前、彼は久しぶりに望遠鏡を出してのぞいてみた。

あの円盤をみた丘の方角に目をむけると、丸い白いものがゆっくり空に飛んでいくのが突然、見えてきた。

それは白い風船にすぎなかった。丘にたった家のどこかで子供が手放した風船がふわふわと空に飛んでいっているだけだった。


（一九六九年一月一日、「朝日新聞」）

# 母と私

〝私の母〟というような題で語るのは、何か気障《きざ》なようで余り好きではない。私の母は、既に故人になってしまったが、非常に篤学心の強い人で、現在の芸大――昔の上野の音楽学校を卒業した。そして、幸田露伴の妹の安藤幸子さんに就いて、ヴァイオリンを習い、後にモギレフスキーにも師事した。その同じ弟子に諏訪根自子さんがいたそうだ。

私の記憶している母は非常な勉強家で、一日に四、五時間は絶えずヴァイオリンの練習をし、冬の寒い時などヴァイオリンの糸で指が破れ、ピッピッと血がとび散ったのを見たことがある。ところが、そういう母の息子でいながら私は子供の時からぐうたらで、自分から動くことが嫌いだった。そのせいか犬や猫が好きで飼っていた。それは動物の方が動いてくれるからという無精たらしい理由からである。

そういう調子なので、小学校も中学も不成績で、周囲の者や親戚の人たちから馬鹿にされるばかりか、学校の先生からも馬鹿あつかいを受けて、自分でも俺はほんとに馬鹿ではないかという劣等感に悩まされた。

そうした時に、母は、

「お前には一つだけいいところがある。それは文章を書いたり、話をするのが上手だから、小説家になったらいい」

と、言ってくれた。

とにかく、算術はからっきし出来ないし、他の学科もさんざんだったが、小説というのか童話というのか、そんなものを書いて母に見せると褒めてくれるので、それを真にうけて、大きくなったら小説家になろうという気持を、その頃から持つようになったのだが、——それだから小説家になったのでもない——もし、その当時、母が他の人たちと一緒になって、私を叱ったり馬鹿にしていたら、私という人間はきっとグレてしまって、現在どうなっていたかわからないという気がする。

母が私の一点だけを認めて褒め、今は他の人たちがお前のことを馬鹿にしているけれど、やがては自分の好きなことで、人生に立ちむかえるだろうと言ってくれたことが、私にとっては強い頼りとなったと言える。

実際、小説家となった今日、あの時母がいなかったら、小説家にならなかったに違いないと思う。また、小説などを読むことを教えてくれたのも母だった。私が本を読めるようになった頃、母は私と一緒に本を読んでくれて、こんな風景の書き方があるが、面白いでしょうなどと語ってくれたが、それがある意味で小説の読み方に通じたのだろう。同時に、本を読むことの楽しさを教えてくれたとも言える。

もう一つ、母は自分が音楽を勉強したせいか、私に音楽をいろいろと聴かせてくれた。私は音楽には全く音痴だが、聴くことは好きだ。それはそれとして、本を読んだり、音楽を聴くことによって、私は芸術家を尊敬するということを教えられたと思う。母は音楽家として成功しなかったが、私に、一つの芸術が育つためには、非常に勉強しなければならないということと、一流の芸術家が世に出るには、他の多くの芸術家が、その足下で滅んでいるのだということを教えてくれた。

母は後にキリスト教信者になったが、宗教と芸術についてすっかり考えこみ、ヴァイオリンをやめてグレゴリアン音楽というものの勉強を始めた。後年になって私はキリスト教というものを、母親に対する愛着から勉強したり、考えたりするようになった。もちろん、子供の時には教会へ行くのを嫌っていた。

とにかく、私がキリスト教から離れることができないとすれば、その五〇パーセントは、母に対する愛着に由来しているのではないかと思う。母はキリスト教者として死んだ。

母は世間の母親と違って、自分の弱点を平気でさらけ出した。母の死後に、その生涯を調べて、その恋愛などというものがわかってくるに従って、母というものがぐっと身近に感じられるようになったのは、私の年齢のためからかも知れないが、一つには私が小説家であるからかも知れない。

私にとって母というのは、単に尊敬すべき人というのではなく、もっとも人間らしい生き方をした人物ということを感じると同時に、やはり私の肌の一部のように感じられる。私はいつか母のことを小説に書きたいと思っているが、まだまだ私にはそれを書き分ける力がない。後五、六年もしたら母をモデルにして、母を書くのではなく、『女の一生』という題で一つの小説を書いてみたいと、いつも思っている。

私は書斎に母の写真を飾っているが、私が酒を飲んで悪業を働いて帰ってくると、写真の母は何か怒っているような顔に見えてくる。また、仕事がはかどった時、母の写真を見るとニコニコしているような気がする。同じ写真なのだが、そういうように感ずるのは、私がこんな年齢になっても母を怖いと思うのは、私が母を良心の一つの規準にしているからだろう。

とにかく、考えてみると、私は母に対して迷惑ばかりかけた。私は学生としても悪い学生で、あちこちの学校を受験しては落ちてばかりいて、浪人も三年ぐらいするし、母としては、他家の息子と比較して自慢になるような点は一つもなく、ようやく学校に入学しても教師から呼び出しがくる始末だった。やっと芥川賞を受け、文士として一人前になったが、子供の頃、小説家になれと言ってくれた母は亡くなっていて、受賞後になって、家内や子供をつれて温泉へ行ったりしたが、私はそれまでは一回も自分の金で母を連れて行ったことはないし、こんな温泉へ家内や子供を連れて来ているというようなことが、非常に母に対し申し訳ないという気がすると同時に、母の生きている間に自分の金で温泉へ連れて行きたかったという気持がした。

これは単に私だけではなく一般の男性が、自分の母とか妻に対して、常に良心――相手は良心で自分は悪い人間だと思うのである。私には母や妻は良心であり、私はいつもその良心をふみつけにする悪い人間だという気持から抜け切れない。私にとっては妻を拡大したのが母親であり、これは世の中の一番いい部分で、しかも、それに対して悪いことばかりして、迷惑をかけてきたのが、私だという気持から抜け切れない感じがしている。

（一九六七年一〇月、『母を語る』）

# 合わない洋服
## ──何のために小説を書くか

小学校三年の時、私の両親が別居して母は子供たちをつれ満洲の大連《たいれん》から神戸に帰国した。神戸には母の姉が嫁いでいる家があったからである。私にとって伯母にあたる人は熱心なカトリック信者であったから、その伯母の影響で母もやがて洗礼を受けた。必然的に私も伯母や母につれられて教会に行くようになった。

いまでもその教会は私の幼年時代のままに阪急沿線の夙川《しゅくがわ》に残っている。電車からもその金色の十字架は、夙川の住宅地のむこうにみることができる。

大きくなってヨーロッパの都市でみたゴチックやバロックの大教会にくらべるとあまりに小さく、あまりに粗末なこの教会は、しかし私にとってはさまざまの思い出を持っている。

ここの神父は私の少年時代、フランス人の司祭だったが、日本語がうまかった。私たち悪戯《いたずら》小僧は、この純朴なフランス司祭の住む司祭館の窓をよく野球のボールで割った。そして顔を真赤にした彼から叱られるのだった。子供たちのための公教要理の時間、私はできるだけうしろにかくれるようにしていたが、それは彼の宿題を暗記してこなかったからである。やがて戦争がきびしくなり、ある日、突然、憲兵が来てこの罪のない神父を引張っていった。そして彼は戦争が終るまで収容所に入れられていた。今でもこの神父は日本にとどまり働いている。彼は生涯故国には戻らず、日本に骨を埋めるだろう。

その彼のところに一人の疲れ果てたような老外人が足を曳《ひ》きずりながら時々、人眼をさけてやってくるのを私たち子供は知っていた。大人の信者たちはこの老外人をみると眼をそらす。だれも彼に進んで話しかけるものはない。「あれは誰」と私はある日、母にたずねたが母も答えなかった。しかしその老外人は神父でありながら日本人の女性と恋におちて、教会から追われた人であることを私はあとになって知った。まるで不潔な背徳者のように皆からみられたこの老外人に話しかけるのは、私の教会のフランス人司祭だけだった。だがその老外人の疲れ果てたような孤独な姿は私の脳裡《のうり》にふかくきざみこまれた。

しかしこの教会でとも角も私は、ほかの子供たちと一緒に復活祭の日、洗礼を受けた。

いや、正確に語るならば「受けた」というより「受けさせられた」と言ったほうがいい。なぜならそれは私のやむにやまれぬ意志から出た行為ではなかった。伯母や母の言いつけだったから、他の子供たちも一緒に受けるのでズルズルベッタリにワイワイと騒ぎながら公教要理を暗記したから、その結果、悪戯小僧の一人として受けた洗礼だったのである。「あなたは神を信じますか」とフランス人の司祭が洗礼式の形式に従ってたずねた時、私は他の子供と同じように「はい、信じます」と平気で答えた。

それはまるで「このお菓子をたべますか」「はい、食べます」という外国語会話の問答に似た行為だった。私は自分がどんな大きな決定をその時、やったのか知らなかった。この一言の返事が後々、自分にどういうものを背負わせることになったかもほとんど考えなかった。

私がこの一言の重要さに気づいたのはずっと後になってからである。こう言っても今は友人たちも信じてくれないが、少年時代のある時期、私は素直に信仰を信じ、毎日、教会に通って朝のミサをうけ、自分も神父になろうかと考えた時もあったのである。だがその後十年たって、私は初めて自分が伯母や母から着せられたこの洋服を意識した。洋服は私の体に一向に合っていなかった。ある部分はダブダブであり、ある部分はチンチクリンだった。そしてそれを知ってから、私はこの洋服をぬごうと幾度も思った。まずそれは何よりも洋服であり、私の体に合う和服ではないように考えられた。私の体とその洋服との間にはどうにもならぬ隙間があり、その隙間がある以上、自分のものとは考えられぬような気がしたからである。

もし、あの時、私が別の境遇にあったなら洗礼も受けなかったろうし、また生涯、この基督《キリスト》などという縁遠い洋服など着なかっただろうと私はしばしば悩んだ。だがその時でさえ、私はその洋服を結局はぬぎ棄てられなかった。私には愛する者が私のためにくれた服を自分に確信と自信がもてる前にぬぎすてることはとてもできなかった。それが少年時代から青年時代にかけて私をとも角、支えた一つの柱となった。

後になって私はもうぬごうとは思うまいと決心をした。私はこの洋服を自分に合わせる和服にしようと思ったのである。それは人間は沢山のことで生きることはできず、一つのことを生涯、生きるべきだと知ったからでもある。私は自分が身にあわぬダブダブの洋服を着ていて、それが人々に非難されたり、批判されたりしても構わぬという気持に少しずつなったからである。他の人のように素裸から自分の服をみつけ、それを選ぶこと――それは文学であろう。しかし他人から着せられたダブダブの洋服を自分の体に合うよう生涯、努力することも文学ではないかと言う気持になったからである。そして遠藤はひたぶるに神を求めているのか、と言われる時、私はそういう批判も当然私に加えられるだろうと思う。なるほど私は椎名麟三氏や三浦朱門や島尾敏雄のように裸一貫、自分の体にあう服として洗礼をうけた人間ではない。だが一人の人間が魂の部分にひめた秘密を、他人がそうたやすく見ぬくことが一体、できるのだろうか。

それはともあれ、私は今日まで、ダブダブの服を少しでも自分のものにしようと思って書いてきた。ある部分はやっと私の体にあいはじめたが、多くの他の部分はまだまだ丈が長く、そして重い。しかしこのことは私だけの文学だという気持が心の奥にないわけではない。

（一九六七年一二月、「新潮」）

# 吉満先生のこと

学生時代に私が影響や刺激を受けた先生の一人に哲学者の吉満義彦先生がいる。

勉強がそれまで、どうしても好きになれなかった私は、別に文学をやろうという立派な意志からではなく、ただ入学しやすいために慶應の文学部予科に入った。この怠け者の次男坊を医者にさせようと考えていた父親は当然、激怒した。

勘当をうけた私は友人の世話で信濃町の駅のそばにある基督《キリスト》教学生寮に転がりこんだが、そこの舎監をされていたのがたまたま吉満先生だったのである。

寮の創設者は岩下壮一師であったが、この中世哲学研究で有名な神父は既に他界され、吉満先生が週に三回、寮に宿泊されていた。

勉強など無縁だった私は先生の部屋にある蔵書には本当にびっくりした。壁をぎっしり埋めた仏蘭西《フランス》語や独逸《ドイツ》語の本はとても読める筈はなかったが、毎夜、遅くまで部屋の窓硝子《まどガラス》に机に向かっている先生の影がうつっている。「昨夜は机に俯して眠ってしまいました」と朝の食堂で先生がそう言われると、学者とはこんなに勉強するものか、と思わざるをえなかった。

先生の机には若い、うつくしい女性の写真がおかれてあった。それは先生の若い頃、亡くなられた婚約者の写真だと寮生の一人が教えてくれた。この婚約者の女性は結核で早く亡くなられたが、臨終の時、先生は司祭をよんで二人だけの結婚式をあげられ、以来、先生は独身を守られたのである。いや、独身という言葉は間違っている。ある日、先生が一度、

「私は結婚をして妻が死んだのです」

きっぱり言われたのも憶《おぼ》えているからだ。

私には吉満先生の論文は歯がたたなかった。当時「カトリック研究」という上智大学から発刊されている雑誌に先生は精力的にパスカルやデカルトについて、あるいは神秘主義について論文を発表されていたが、哲学の素地のない私にはとてもついていけず、その上、先生の文章の難解さにはまいらざるをえなかった。私の印象では先生が我が国で一番はやく実存とか、実存的なものを語られた思想家の一人ではなかったかと思う。戦争中の当時はまだサルトルなど日本にはよく紹介されていなかったが、キェルケゴー

ルに接近されている先生の文章には実存という言葉が多く出ていた。

　戦争が烈《はげ》しくなり、我々は学校で勉強をするよりは工場で働かされる日が多かった。寮の食事は日に日に乏しくなったが、先生は我々と大豆のまじったわずかな飯をたべながら、先生の師だったマリタンの話や御自分も出席された「文學界」の座談会『近代の超克』の話などをしてくださった。そして我々寮生はその話の半分にもついていけなかったから、黙って聞くより仕方なかった。

　先生の口からは露骨に戦争批判は出なかったが、ある日、突然、こう言われた。

「憲兵や警察が、くだらんことを聞いたら、わかりませんと答えなさい」

　皆はこの時も黙っていた。しかしここの寮生たちは皆、基督教の洗礼を一応、受けていたから、工場や学校で日本が戦争をしているのにお前たちは敵性宗教の信奉者だとか、天皇と神とどちらを尊敬しているのだという侮蔑的な質問を教練の教官や仲間の学生から問いつめられることは日常茶飯になっていた。そして日曜の朝ごとにミサで読む、

「汝、殺すなかれ」

　という言葉について教会もそれ以上は黙り、司祭も黙っていることを知っていた。やがては入営したり、出征する我々はこの矛盾を司祭も日本教会も答えられぬことを感じていたから、黙っていたにすぎない。吉満先生もまた、その点について何も私たち寮生

には語られなかったような気がする。しかし同時に先生の口から我々の気を引きたてるためにこの戦争を多少でも正当化するような言葉は一度も洩れなかった。そのかわりある日から先生は寮のなかで我々寮生のために「神秘主義」についてのレクチャーをはじめられたのである。

戦争や当時の我々の環境とはまったく縁のない「神秘主義」についてのレクチャーをなぜ先生が思いたたれたのか、私には当時、わからなかった。おぼえているのはそれを聞いている我々が昼間の工場作業でのつかれのため、懸命に睡魔と戦ったことぐらいである。理科や工科や予科などという寮生の専攻課目や頭脳程度をまったく無視したそのレクチャーは、あまりにむつかしく、我々は理解できなかった。しかし、あとになって、私もようやく警戒警報や空襲警報の合間にデカルトやパスカルを引用しながら神秘主義の講義をしてくださった先生の気持ちがわかるようになった。

先生は私のことをおそらく扱いにくい、困った寮生の一人と思われたにちがいない。万事につけてだらしなく、勉強もあまりしない私を先生が困惑の眼で眺めておられるのはよくわかっていた。

寮では年中行事として寮生が、春、御殿場の復生病院を慰問することになっていた。この病院はハンセン氏病——つまり癩病の病院で、寮の創設者岩下神父が、生前院長をやられていたのである。

今とちがって癩にたいする恐怖が世間に強い時だった。慰問の日が近づくにつれて、私は自分が素直な気になれないのを感じた。霧雨のふる日にその病院に行き、患者さんたちの前で芝居をやったり詩を朗読したのち、病院の運動場で患者チームと野球をやった。私は塁と塁との間で二人の患者にはさまれて、思わず立ちどまった。私のその時の表情を見て、ボールをタッチしようとした患者が手をおろし、

「お行きなさい。触れませんから」

と呟《つぶや》いた。その時の彼の声もその後の言いようのない自己嫌悪も、今でもはっきり思いだす。

病院訪問の直後、先生はなぜか、急に、

「遠藤君、私の部屋に来たまえ」

と言われた。そして書物が壁を埋めた部屋で窓に眼をやりながら、

「新緑がきれいだろう。君は哲学なんかより文学がむいている。私の知っている文学者で会いたい人がいたら紹介状を書いてあげよう」

そして堀辰雄氏と亀井勝一郎氏に紹介状をすぐ書いてくださった。先生が私のことを心配してくださっているのが、しみじみとよくわかった。

その後も私にはとても先生の難解な論文を理解できたとは思えない。しかし先生の著作のなかで、『詩と愛と実存』という文学的なエッセイは私の愛読書のひとつだった。

先生が与えてくださった刺激は幾つかあるが、そのひとつは日本人と基督教ということを私に考えさせる切っ掛けをくださったことである。先生の論文には近代と中世との比較がよく出てくる。そしてその後、私も仏蘭西語を勉強するようになってから先生の師のマリタンの本も読みはじめたが、先生やマリタンの言う西欧的「中世」が日本にはないじゃないか、という疑問が次第に念頭に起きはじめたのである。哲学者だった先生には日本人ということは、あまりこだわられなかったのかもしれぬ。しかし小説を読みはじめた私には、どうしてもこのことは頭からぬけなかった。私がものを書きだした頃、先生は既に亡くなられていたので、自分の本を遂に読んで頂けなかった。

（一九七五年二月、『遠藤周作文学全集』六巻月報）

# 解　説

山根道公

「私は大説家ではなく小説家です」

これは日本の文壇で特異な神学的思想的テーマを自分の実感として身にしみて問いつめ小説を書くことに苦闘した遠藤周作の口癖だ。小説家は自分の肉感を大事にする故、「小説で心から浮きあがった神学などは書けない、文章やイメージで、その嘘がにじみでます」(『人生の同伴者』一九九一年)と思想的作品の表現の苦心を吐露している。

そうした遠藤と親交のあった友人による追悼座談会「遠藤周作と第三の新人」(『遠藤周作のすべて』一九九八年所収)の中で、安岡章太郎は、遠藤の強みは「自分の人生に根ざした思想」にあると述べ、小島信夫は「勉強して、書き方も変えて、勉強の成果を作品に盛り込もうというのは、やっぱり思想的な作家だからできたことで、勉強や思想を補って補って表現の形にもっていこうと彼は努力を重ねた人ですね。そういう人だから、あの何ともいえない作品が出てくるんだね。小説家ができない小説を作ることができたんだ」と評する。また、安岡はそんな遠藤について「桁外れにすごい勉強家」と述べ、「作家はそれぞれ天賦の才」があるが、遠藤の才は「あまり文学的じゃない」ゆえに、遠藤は小説の書き方を、第三の新人の友人たちから懸命に学んでいたと言う。

この遠藤の友人らの言葉からも、遠藤の短篇作品は、安岡や吉行淳之介ら他の第三の新人の短篇作品のような日本近代文学の私小説が主流をなす伝統の美学につながりながら各自の才による繊細な文章で感動させる散文芸術とは異質であることが理解されよう。たとえ遠藤の私小説風の作品であっても、遠藤の才は文体ではなく、思想的なテーマの表現にこそ表れている。それゆえに、思想的テーマが中核にある長篇小説で知られる遠藤だが、その短篇小説には、自らの人生に根ざし迷いながら手探りでとらえた思想を、日本人である自分が実感できる表現の形にもっていくことに格闘し創り上げた、遠藤独自の散文芸術の魅力がある。

遠藤は自らの人生に根ざした思想を日本人が実感できるものに嚙み砕き、小説やエッセイで表現した。それによって様々に生き悩む人たちの人生に寄り添い、日本の幅広い世代の人たちに愛読される国民的作家となった。特に、『沈黙』(一九六六年)に代表される日本人とキリスト教という重い思想的テーマを描いた純文学長篇作品によって国内の主要な文学賞をはじめ海外の文学賞も受賞し、「キリスト教徒による今世紀最高の正統的物語」(ジョン・アップダイク)と賞賛されるなど、二十世紀を代表する国際的なキリスト教作家となった。『沈黙』は累計二百万部を超えて読み継がれる戦後日本文学の名著になり、世界文学としても約三十言語に翻訳され、スコセッシ監督の映画化でさらに世界に広まっている。

日本でこうした異色の思想的作家がどのように誕生したか、その文学的生涯の過程を明らかにしながら、本書収録の短篇作品を解説していく。なお、本書は十二篇の短篇小説と、そうした思想的作家の理解を深めるエッセイ三篇を精選した。

## 一

まず、遠藤周作の人生と文学に大きな影を落とした存在は父と母であろう。父常久は鳥取藩に仕えた医者の家系で一高、東大独法科と進学し、文学への憧れをもつ青年であった。大正デモクラシーという時代の空気のなかで二歳年上のヴァイオリニストをめざす情熱的で一途な女学生の竹井郁と出会って、郁の妊娠によって入籍する。卒業後、妻子を養うために銀行に就職してからは、平凡が一番と生活の次元を重んじたエリートサラリーマンであった。母郁は岡山県出身で上野の東京音楽学校(現・東京藝術大学)ヴァイオリン科への進学を希望し家族に反対されると、家出上京し、学費を自ら稼ぐなど苦労を経て入学し、安藤幸《あんどうこう》(幸田露伴の妹)、モギレフスキーの弟子となって芸術の高みをめざす人生の次元を生きようとした烈しい女性であった。その父母の血を引く次男として一九二三年三月二十七日に東京に生れ、三歳の時、父の転勤で当時日本の租借地だった満州(現・中国東北部)大連に移り、十歳まで過ごす。

この大連の少年時代に母によって小説家になる種が植えられる。まず、母が毎日、ヴァイオリンの練習に熱中し、指から血を出しながらも弾き続ける姿を見て子供心にも感動し、芸術の厳しさと価値を心に刻む。また、二歳上の兄正介が運動も勉強も抜群の成績で優等生であったのに比べ、周作は幼少時代から虚弱体質で作文以外は成績も悪く、雨の日も傘をさして花壇に水やりをするような愚直だが優しい周作を母はこよなく愛し、劣等感に悩む周作を「あなたは大器晩成よ」と慰め、「文章を書いたり、話したりするのが上手だから、小説家になったらいい」と励ました。

小学校三年までは両親は仲良く幸福であったが、小学四年生の頃から不和になり、夜には寝床で耳の穴に指を入れ父の怒声や母の泣き声を聞くまいとし、学校帰りは暗い家に帰りたくないために道草をした。その哀しい心を隠すために悪戯やおどけをするようになり、愛犬のクロにだけ哀しみを打ち明けるようになる。そして小学校五年の夏には父母の不和は決定的となり、周作はクロとも引き離され、母と兄とで帰国の途につく。この大連の少年時代に「人生の上にふかい空洞」が作られた経験は、三十七歳の**短篇「船を見に行こう」**にはじまり、「**私のもの**」「**五十歳の男**」等の多くの短篇、そして七十歳の最後の純文学長篇『深い河《ディープ・リバー》』(一九九三年)に至るまで何度も描かれ、遠藤の人生と深く結びつく思想的テーマの根っこがこの経験にあることが理解できる。

母に連れられて兄と共に神戸の伯母を頼って帰国し、その伯母が熱心なカトリック信者で、その勧めで母と共に西宮市のカトリック夙川教会に通う。周作が私立灘中学校に入学した十二歳の時、夫に棄てられて苦しんだ母は小林聖心女子学院の音楽教師になり、自分を決して棄てない神の愛を信じ、洗礼を受ける。その母に従い、周作は兄と共に夙川教会で受洗する。母を喜ばせるための無自覚な受洗であったが、将来神父になろうと本気で考えた時期もあった。母は厳しい祈りの生活を始め、そうした母から周作は、この世界で一番高いものは聖なる世界であることを心に吹きこまれる。

中学時も、浪人一年目も地元の受験はみな失敗した中で上智大学予科にのみ合格し入学する。学内の寮に入り、校友会誌「上智」に宗教哲学的小論文「形而上的神、宗教的神」を発表する。この十八歳の小論文から、遠藤が文学的出発以前に、理性で考えられた神では満たされず、神の実在感を得たいと探究する思想的テーマをもつカトリックの哲学青年という素地があったことが理解できる。しかし翌年二月には退学する。短篇「**札の辻**」に描かれるように、当時の上智大学は配属将校が神父や学生を罵倒するなど、信者の学生に居づらい場所であった点が一因であったと考えられる。

そして母の元に戻っての再受験もすべて失敗し、東大を卒業し逓信省に入ると同時に海軍に現役入隊した兄と相談し、母に経済的負担をかけないためという理由で、世田谷の経堂の父の家に移り、そこで浪人生活を続ける。十六歳若い女性と再婚している父の家は経済的には恵まれていたが、親という感情の持てない父親夫婦と同居するなかで、母への愛着が深まり、一人残した母への裏切りを感じる生活であった。

二

二十歳の遠藤は、慶應義塾大学文学部予科を受けて合格したが、父が命じる医学部ではなかったために勘当され、友人の世話でカトリック学生寮の白鳩寮(聖フィリッポ寮)に入る。その寮の舎監はカトリック哲学者の吉満義彦(一九〇四―四五)で、カトリック知識人の代表としてカトリシズムが日本の思想界に市民権を得るために精力的に執筆活動をし、文学にも造詣が深い哲学者であった。哲学科に進むことを考えていた遠藤は吉満より「君は哲学なんかより文学が向いている」とその資質を見抜いて助言され、吉満の友人であった作家の堀辰雄を紹介される。吉満が、小林秀雄ら文学者との共著『近代の超克』(一九四三年)で、「近代精神の超克」は「魂の問題」と主張し、ドストエフスキーなどの文学について「生きた人間の言はば神学的検証」と評価するといった文学思想の遠藤への影響は、後にカトリック作家となって人間内部の魂を探究し、「魂の問題」を描くことを小説家の使命とする、遠藤の独自な思想的文学姿勢の根底に及んでいる。

さらに遠藤は、信濃追分に移った病床の堀辰雄を月に一度ほど訪ねるのが暗い戦時下での精神の拠り所となる。堀から人間の深層心理の問題、西洋人の神と日本人の神々の問題、絶えざる勉強という作家の姿勢を学び、文学を志す上で決定的な影響を受ける。

文科の学生の徴兵猶予制撤廃のために徴兵検査を受けるが、肋膜炎を起こした後だったため第一乙種で、入隊が一年延期となる。戦局苛烈のため授業はほとんどなく、川崎の勤労動員の工場で働く。キリスト教徒が「敵性宗教」を信じる非国民として迫害されるなかでキリスト教徒であることを隠す二重生活を送り、憲兵等の暴力の前に自分の精神を裏切る弱者であることを嚙みしめた経験が、迫害下のキリシタンへの関心につながる。**短篇「イヤな奴」「札の辻」**など戦時下に弱者であった話のなかに迫害下のキリシタンの話が挿入され、**短篇「その前日」「帰郷」**にはキリシタン迫害下で踏絵を踏む弱者と自分とが精神的な血縁者のように描かれる。

一九四五年、父の勘当も解かれて家に戻り、仏文科に進学する。終戦を迎えて、三田の教室に戻り、一学年上の安岡章太郎(一九二〇—二〇一三)と出会い、生涯続く文学上の友人となる。フランスの現代カトリック文学との出会いによって信仰と文学とが深く結びつく世界を見いだし、モーリヤックやベルナノス等の現代カトリック文学への関心を深めていく。そして、堀から受けとった西洋人の神と日本人の神々の問題を、自分の信仰に直結する思想的テーマとして論じた最初の評論「神々と神と」が評論家の神西清《じんざいきよし》に認められて「四季」に掲載され、執筆活動を開始する。一九四八年、慶應義塾大学仏文科を卒業し、「三田文学」の同人になり、同誌に評論を次々と発表する。

二十七歳の遠藤は戦後最初のカトリック留学生に選ばれ、GHQ占領下の一九五〇年六月、現代カトリック文学研究を目的にフランス船マルセイエーズ号で横浜港を出航する。同じ船倉で寝起きする四等船客に、生涯の同志となる井上洋治(一九二七—二〇一四)がいた。四歳下の井上は、中学の終わり頃より虚無と死の不安に苦しみ、修道女になった姉の残したリジューの聖テレジアの自叙伝『小さき花』を読んで「幼子の道」の霊性に光を見出し受洗し、東京大学哲学科を卒業して直ぐに、聖テレジアと同じカルメル修道会に入るために渡仏するところであった。遠藤は、自分と同じ体も気も弱く寂しがり屋の井上を弟のように思う。最後の夜には甲板で独り祈る井上をみつけ、高い人生を歩く決意をした井上に比べ、何も決意していない自分は「つらい」と内心を告げ、井上は「ずっと、これから君のために祈っているよ」と答える(『ルーアンの丘』一九九八年)。**短篇「学生」**にこの体験が投影されているが、作中の田島のモデルがこの井上である。

遠藤は、リヨン国立大学のルネ・バディ教授の下でフランス現代カトリック文学の研究をめざす。しかし、西欧の伝統文化に根ざしたキリスト教との距離感が深まるなかで、現代の青年の一人として同時代の悲しみや苦悩を共に背負い、日本人である自分にとって距離感のあるキリスト教を実感できるものにするという自分だけのテーマを背負って、小説家になろうと決心し、屋根裏部屋での孤独な生活のなかで小説を書く勉強に打ち込む。

一年後の夏休みには、モーリヤックの『テレーズ・デスケルー』の舞台の取材の旅の中で、ボルドー近郊のカルメル会修道院で厳しい修行中の井上洋治を訪ねる。葡萄畑で労働中の井上と数分間の面会が特別に許可され、一年ぶりの再会を果たす。遠藤は井上と会えたことを神に感謝し、自分にも厳しい信仰を授け給えと祈ったことを日記に記している。**短篇「学生」**では、この修道院での極限状態で修行中の田島との再会の場面が鮮烈に描かれている。

遠藤は留学二年目には結核を発病し、夏はスイスに近い国際学生療養所で過ごした後、パリに移るが、病状悪化で入院し、一九五三年一月、日本郵船の赤城丸で帰国する。

三

一九五三年二月、帰国した遠藤は父の経堂の家に戻る。十二月、母郁が脳溢血で倒れ、五十八歳の若さで急逝する。遠藤は臨終に間に合わず、愛着を強くもつ母の突然の孤独な死に慟哭する。この母の死が遠藤の人生と文学に落とす影の大きさは、遠藤が母の死の直後、葬儀参列者への礼状「偲び草」に額に苦しそうな翳が残る母の遺体の写真と共に載せた次の言葉が語っている。

母が死んだ夜、私は彼女の遺体の横で寝た。つめたい闇のなかで、母の顔は、ほの白く、孤独であつた。(中略)母は彼女の強さと一緒に、その弱さ、寂しさをあらはにして、溺愛した。私は、それを濫用したり、裏切つたりした。にも拘らず、彼女は私を信じつづけた。丁度、それは裏切られても、裏切られても人間を愛しつづけるあの存在に似ていた。(中略)母の生涯については、ここでは述べまい。私はそれを小説として書くつもりである。(中略)母の死後、私にあるのは後悔と慟哭だけである。昨夜、星空の下、夜みちをひとり歩きながら、私は自分の肉体の半分であつたものがもうない事、私はひとりぽつちになつた事を考へた。私は今まで死を甚しく怖れたが、今は死のみを待つ気持である。彼女のいる所へ行かれる事、それが、私のこれからの希望となつてしまつた……

ここで遠藤は、自分を愛し続けた母の存在を、人間を愛し続けるキリストの存在と重ね、母の生涯を小説として書くことを公言している。この時点でまだ遠藤は小説家として出発はしていないことを踏まえると、この言葉はこれから小説を書くことを帰天した母と約束しているとも取れよう。そうであれば、この母の死が、遠藤が作家として実際に出発するのを強く後押ししたともいえる。さらにここで遠藤が、母のいる所へ行かれる事がこれからの希望となったと言う点も看過できない。これは遠藤が母から着せられたキリスト教信仰という服を最期まで着続けることで、母が先に迎えられた天国で再会できることが希望となったという意味であろう。そうであるからこそ、遠藤は母への愛着から母の着せてくれた信仰の服を脱ぎ捨てることはできないと思い続け、母から着せられた服がダブダブで違和感があれば、自分の身の丈に合った服に仕立て直して最期まで着続けるということが切実な生涯の信仰的課題となっていったのである。その母の遺品の財布から周作の初めて活字になった詩の切り抜きが発見される。留学中も「周ちゃんは必ず天才がある」と手紙に書いて支え励まし続け、遠藤が人に感動を与える作家になることを生涯、祈り続けた母郁の帰天であった。

遠藤は翌年からは、そうした母の祈りに応えるように、最初の短篇小説「アデンまで」を発表し、一九五五年に発表の「白い人」で芥川賞を受賞する。この前に同賞を受賞した安岡章太郎、吉行淳之介らと共に「第三の新人」と呼ばれる。日常の繊細な感覚でとらえた人間の真実を描く私小説的な短篇が中心であった「第三の新人」の他の作家と、日本人とキリスト教という思想的テーマを背負って創作を始めた遠藤とは本来異質であったが、そうした友人たちとの親密な交流から刺激を受け、思想的テーマを自分の歯で嚙み砕いて日常の感覚で実感できるイメージで表現することをめざし、懸命に努力するという環境で小説的表現が鍛えられていく。その九月に遠藤は、仏文科の後輩の岡田順子と結婚し、翌年には、長男が誕生し、芥川賞にちなんで龍之介と命名する。一九五七年には日本という汎神論的風土における一神論的神や罪の問題を突き詰めた長篇「海と毒薬」を発表し、高い評価を得て文壇での地位を確立する。

## 四

一九五八年一月、七年半に及ぶ修行と勉学を終え帰国した井上洋治と再会し、井上が自分と同様に西欧キリスト教との違和感を深め、日本人の心情でイエスの福音をとらえ直して日本の人たちに伝えたいという志を背負って帰国したことを知って、その訴えに共感し、生涯を賭けてその道を切り開き、次世代の踏石になろうと志を共にする。これ以前の遠藤は、西欧キリスト教の一神論的世界と自分の根にある日本の汎神論的風土との対立による距離感を思想的テーマにして描いたが、これ以降、自らその距離を埋める道を開拓する方向に転換していく。翌年には、遠藤が一般の読者に向けて初めて「自分のキリスト」を投影して描いた最初のユーモア小説「おバカさん」を連載する。さらに臆病な性格ゆえに転んだ主人公の弱さが受けとめられる最初の切支丹小説の短篇「最後の殉教者」を発表する。

**短篇「イヤな奴」**は、こうした流れの中で同年四月に発表され、初出には冒頭と末尾に「これはぼくだけではなく君の話でもある」とあり、弱者を自覚する語り手が同じ弱者の読者に呼びかけ、つながろうとしている。慶應義塾大学予科の時に入った聖フィリッポ寮は神山復生病院の院長でもあった岩下壮一神父(一八八九―一九四〇)によって創設されたカトリック学生寮で、そのハンセン病院に慰問に行く慣例行事があった。遠藤が軽症の患者たちと野球をした時に患者を前に肉体的恐怖で自分の精神を裏切った体験は、『死海のほとり』(一九七三年)では「自分の原型をむきだしにしたような日」と描かれている。遠藤は、エッセイ「挫折は生きる意味を教える」のなかで、「自分が弱虫であり、その弱さは芯の芯まで自分につきまとっているのだ、という事実を認めることから、他人を見、社会を見、文学を読み、人生を考えることができる」と語るように、この最も醜く弱いイヤな姿を自分の原型として噛みしめる地点から作品が紡ぎ出されるところに遠藤の人生に根ざした思想的文学の特色があろう。また、この作品で描かれる憲兵の暴力の前で肉体の恐怖から卑屈になった姿は、『沈黙』のキチジローの描写にも投影されている。

一九六〇年、遠藤は文壇での地位を確立してこれからというところで肺結核が再発し、四月に東大伝染病研究所附属病院に入院し、薬剤治療をする。この入院初期にはまだ執筆を続け、**短篇「船を見に行こう」**を発表する。父親となった遠藤が、入院して自らの半生を思い起こすなかで、両親が不和となった辛い大連の少年時代を投影した最初の作品である。これは、母を棄て男として新たに船出を夢見る父と、そんな父を理解できず母を想う子供との通じ合わない心のやり取りが描かれ、父の男としての身勝手な行為が「子供の人生の上にふかい空洞をつく」り、子供は「その空洞をうずめるためにくるしい努力をせねばならぬだろう」と結ばれる。この「空洞」を抱える体を温かく包んでくれる服を求める人生の次元の努力が始まり、この病床の中でそうした人間の哀しみに寄り添う犬の眼とキリストの眼が重なっていく体験が**短篇「私のもの」**に投影される。

年末に慶應義塾大学病院に転院し、翌年一月、二度の手術を受け、六月には一時退院するが、九月初めに急速に悪化し、再入院する。入院生活の中で多くの人が苦しみ死んでいく姿を目の当たりにし、自らも二度の手術が失敗して、より切実に死と向き合う孤独のなかで、神に問い続ける苦しみの極みにあって、病気に伴う人間の孤独の苦しみを共に分ちあってくれるキリストの眼が、長い入院生活の苦しみの同伴者となった九官鳥のうるんだ眼と重なって実感される体験をする。このまま寝たきりになるよりは全快の希望に賭けて小説が書きたいとの切なる願いをもって手術死の危険率の高い三度目の手術を願い出る。**短篇「その前日」**は、死の危険が伴う三度目の手術の前日にあってキリストのユダへの最後の言葉の真意は何か、井上神父と交わされる会話や、摩滅した踏絵の銅版の基督像をめぐる思いなどが描かれ、ユダのように裏切りまで行ってしまう醜く弱い人間の心の痛みと、その人間によって傷つきながらもその人間の痛みを共にする踏絵のキリストの母のような愛と赦しの眼差しが描かれている。これらは長篇『沈黙』へと発展する思想的テーマの原体験を描いているといえる。そして六時間にもおよぶ手術で一度は心臓が停止したが、無事生還でき、手術は成功する。しかし手術中にベランダに出していた九官鳥が身代わりのように死んでいく。

こうした死と向き合った孤独な病床体験のなかで苦しみに同伴して人間をじっと見ているキリストの眼差しを心のなかに感じながら、そのキリストの眼が見ている、人間の心理の奥深くにある内部領域から人間を捉え描いていく新たな「眼」を得た作家が誕生する(「私の文学」)。この借り物でない自分の苦しい体験によって新たに与えられた「眼」によって描かれた最高傑作が『沈黙』であり、それは西洋からの借り物のダブダブの服ではない、自分の空洞のある弱い体をあたたかく包んでくれる和服に仕立て直したキリスト教思想を表現した新しい散文芸術の誕生でもあった。これによって遠藤は世界的に評価されるキリスト教作家になっていくと共に、人間の弱さや悲しみに共感する中間小説やエッセイを書いて日本の生き悩む人たちを励ます国民的作家となっていった。

この新たな「眼」を得て復帰した後、発表される短篇が「**その前日**」にはじまり「**私のもの**」「**札の辻**」「**帰郷**」などで、それらを集めた短篇集は、「人間を見つめる眼のイメージ」から『哀歌』(一九六五年)と題される。遠藤はその「あとがき」でこの作品集の主題について「病院生活を私小説風に書くことではなく」「病院生活を背景にした作品を書くことによって次第に育くまれた」「私の基督教における現在の立場を示すもの」とあり、こうした短篇の創作が洋服の和服への仕立て直しにどれほど重要な意味があったかを告げている。

## 五

その仕立て直しの試みを代表する短篇の一つが復帰の一九六三年発表の短篇「**私のもの**」である。ここで、作家の勝呂が「神という個性のない言葉」でなく、もっと別の「実感を起させる言葉で彼をよびたい」と言い、「犬の眼のように哀しい眼をした「あの男」」と呼ぶ。また、「気障な」「軽薄なひびき」の「愛」と言う言葉が、「心のなかで少しずつ新しい意味を伴ってくる」と言い、最後には「あの男」を「あなた」と呼び、「一生、棄てはせん」との言葉で「愛」の新しい意味を表現している。こうした一つ一つが日本人である自分に合う和服にするための仕立て直しの試みであった。

さらに同年発表の短篇「**札の辻**」もそうした試みの作品である。書出しは永井荷風の随筆（「深川の唄」と察せられる）に触発されたもので、荷風は乗り合わせた乗客の生活を想像するが、「**札の辻**」では「生活ではなく人生のほうに入っていこうと試みた」と遠藤は自解している（「背後をふりかえる時」）。遠藤にとって「人生の次元」とは、生活の次元を超えて人間とそれを超えた存在とがつながって生きる次元といえる。ネズミと札の辻の切支丹処刑場跡を訪ねた時、強い信念の殉教者たちの生きた人生の次元と、臆病な自分たちとは生きる次元がちがうと考えていた。臆病だった修道士のネズミが愛のために死ぬ人生の次元を生きた可能性を知ることで、自分と同じ色あせた生活を臆病に生きる人間の中にもネズミがいることを描いている。また、遠藤は「キチジローの原型的人物を登場させた作品」(同)とも述べているが、この小説の主人公の「男」と修道士の「ネズミ」に、『沈黙』の次の純文学長篇『死海のほとり』の「私」と「ねずみ」の原型を見出すことができる。

遠藤は翌一九六四年に、初めて長崎を旅して、黒崎のかくれキリシタンを訪ね、そして大浦の南山手十六番館で黒い足指の痕が木枠についた踏絵を偶然見る。**短篇「帰郷」**は、その体験が題材になった最初の小説である。「**その前日**」の摩滅した踏絵の銅版の基督像とこの黒い足指の痕のついた踏絵が重なって、入院体験のなかで胸に溜めていたものを刺激し、一つの小説を書きたいという衝撃を起こさせ、一九六六年刊行の長篇『沈黙』に結実する。実際には遠藤の父は鳥取が本籍で長崎とつながりはないが、長崎の踏絵を踏んで脂足の指の痕をそこに残した転び者とつながる臆病で弱い性格の父の血が自分にもつながっていることが自らの脂足によって意識される表現には、長崎の転び者の弱者と自分は精神的に血縁であるとの思いが込められていよう。

遠藤が『沈黙』以降から取り組んだ、日本人が実感をもつことができるイエス像の探究の結実として永遠の同伴者イエスの姿を鮮烈に提示した、書下ろし長篇『死海のほとり』および評伝『イエスの生涯』を一九七三年、刊行する。**短篇**「**指**」は、同年に発表された作品である。生活の次元で罪を犯す仕事をして生きる女が、人生の次元で教会の聖母像の前に跪いて懸命に祈っている姿を目にして、これがカトリックだと呟く。ペンをとって小説を書く自分の指が、小狡いトマスの指と最後に重なり、疑い深いトマスを責めることのない、イエスの愛と赦しの言葉で作品は結ばれる。なお、イエスの傷に触れたトマスの指の骨と伝わる聖遺物がローマの聖十字架教会に保存されている。

遠藤が五十代になった時、二歳上の兄正介が食道静脈瘤破裂で緊急入院する。**短篇**「**五十歳の男**」は、一九七六年、そうした兄と、十三年一緒に住んだ犬のシロの最期を描いた作品である。死んだ母と病院にいる兄、そして両親が不和になった少年の哀しみの同伴者となった犬のクロ、そして病犬のシロ、それらが自分の人生の次元で等しくかけがえのない本当に縁のあった存在として語られる。翌年、まだ五十六歳の若さで食道静脈瘤破裂の再発で帰天した兄との再会の願いが三年後に刊行の書下ろし長篇『侍』に投影される。

**短篇**「**幼なじみたち**」は、一九七七年に発表の作品で、前年末に『沈黙』がポーランドのピエトゥシャック賞を受賞し、その授賞式にワルシャワに行き、アウシュヴィッツ収容所を訪れている。この小説の幼なじみの神父は、遠藤がカトリック夙川教会に通っていた少年時代の二歳下の幼友達で後に神父になった稲田豊神父である。また、小説中のボッシュ神父のモデルであるメルシェ神父を敬う思いは最晩年のエッセイ「一人の外国人神父」(『心のふるさと』一九九七年所収)でも語られている。

遠藤は六十代になって多病を抱え体力の衰えるなか、純文学長篇書下ろしの準備となる作品も含めて短篇をすべて軽小説のジャンルで書いていく。その中で、**短篇「箱」**は、一九八五年に発表された作品である。仕事場の朝顔に話しかけることで真冬にも花が咲いた話に始まり、古道具屋で見つけた木箱の中にあった絵葉書から戦時下の軽井沢で、苦難にあい、戦後を迎えるルジェという女性をめぐる出来事が明かされる話である。生活の次元の合理的な思考を超える、見えない世界とつながる人生の次元の出来事を描くこの作品のテーマは『深い河』につながっていく。

**小品「白い風船」**は、執筆当時、十三歳の息子がいる遠藤の家族の様子がそのまま投影されたような作品で、「朝日新聞」の一九六九年元旦の子供向けの紙面に掲載され、翌年から『小学国語六年』の教科書に載った。大人には決して見えない不思議なものを見ることのできた息子がその感覚を失って合理的な世界しか見えなくなる大人になっていく姿を、父親が自分の子供時代の思い出を重ねながら語っている。遠藤は、宮沢賢治の童話をめぐって、「精神のひからびた大人たちの眺めかた」でない、「幼年時代のリアリズムをとり戻さねばならない」、「神話がその時代の人々には真実であったことと全く同じなのだ」、「彼の魂から創造されたものである以上、現実よりももっと高く、現実以上に実在したもの」(「賢治の『グスコーブドリの伝記』」)と語る。こうした見えない世界とつながる「魂の真実」を重んじる感性は遠藤の資質の重要な一面であり、遠藤が文学と人生の集大成として『深い河』を書き下ろすなかで、作家である自分を投影した沼田を童話作家としたことの意味もそこにあろう。

## 六

「**白い風船**」の凡太のモデルといえる遠藤龍之介氏が父の晩年の記憶に残る言葉として「夕焼けを若い時に見るのと今見るのとでは違うな。昔は単に日が沈むとしか思わなかったが、六十を過ぎた今見ると、夕焼けの中から自分の懐かしい人や肉親からの本当に微かな声が聞こえてくるんだ」と窓を眺めて漏らした言葉を伝えている(『遠藤周作のすべて』)。遠藤は、老年になって「魂の真実」を実感する人生の次元を生きながら、一九八六年に書下ろし長篇『スキャンダル』、その七年後『深い河』を刊行する。

それから三年の闘病の末に一九九六年九月二十九日夕暮に帰天する。死の直前に顔が輝き、順子夫人は握る手を通して「俺は光のなかに入って母や兄と会っているから安心してくれ」というメッセージを受けとったと自ら実感した「魂の真実」を語っている。

二〇〇〇年、遠藤周作文学館が『沈黙』の舞台である長崎県外海町《そとめちょう》(現・長崎市外海地区)の夕陽ヶ丘に西に広がる海に向かって建てられる。そこには西洋から受けとったキリスト教という、立派でも日本人の体には馴染みにくいものであった洋服を、文学的生涯を賭けて自分の人生の様々な挫折を糧にして傷ついた体を優しく包んでくれるあたたかな和服に仕立て直した結実の思想的文学を、二十一世紀に宗教的にも混迷を深める世界に向かって発信するという象徴的な意味が込められていることを、順子夫人が熱く語ってくれたことが想い起こされる。そしてそのような人間の苦しみに寄り添い見捨てない愛の眼差しをもって「魂の真実」を描いた遠藤の思想的文学は国も時代も超えて孤独な現代人の魂の渇望に応える芸術作品として読み継がれていくにちがいないと私には思われるのである。

# 遠藤周作略年譜

**一九二三（大正12）年**
3月27日、東京府巣鴨（現・北大塚）で、父常久、母郁（郁子）の次男として生れる。二歳上の兄正介との二人兄弟。

**一九二六（大正15・昭和元）年**　3歳
父の転勤に従い満州（現・中国東北部）の大連に移る。

**一九三三（昭和8）年**　10歳
父母の離婚により、母に連れられて兄と共に神戸市六甲の伯母を頼って帰国。伯母の勧めで母と共に、カトリック夙川教会に通う。西宮市夙川に転居。

**一九三五（昭和10）年**　12歳
4月　灘中学校に入学。先に受洗した母に従い、6月23日、カトリック夙川教会で受洗。洗礼名ポール（パウロ）。

**一九四〇（昭和15）年**　17歳
3月　灘中学校卒業。前年転居した西宮市仁川で浪人生活が始まる。

**一九四一**(昭和16)**年**　18歳

4月 上智大学予科に入学(翌年2月に退学)。

**一九四二**(昭和17)**年**　19歳

高校受験失敗。兄と相談し経済的理由から再婚している父の世田谷の経堂の家に移る。

**一九四三**(昭和18)**年**　20歳

4月 慶應義塾大学文学部予科に入学。哲学者の吉満義彦が舎監を務める信濃町のカトリック学生寮の白鳩寮に入る。吉満から哲学より文学が向いているとの助言を受ける。

**一九四四**(昭和19)**年**　21歳

3月 吉満の紹介で堀辰雄を訪ねる。仏文科進学を決め、仏語を独習する。戦局苛烈のため授業はなく、川崎の勤労動員の工場で働く。

**一九四五**(昭和20)**年**　22歳

4月 慶應義塾大学仏文科に進学。一学年上の安岡章太郎を知る。8月 入隊延期の期限が切れる前に終戦を迎える。

**一九四七**(昭和22)**年**　24歳

12月「神々と神と」が神西清に認められ「四季」に、佐藤朔の推挙で「カトリック作家の問題」が「三田文学」に掲載される。

**一九四八**(昭和23)**年**　25歳

3月　慶應義塾大学仏文科卒業。この年、「三田文学」の同人になり、同誌に次々と評論を発表する。丸岡明、原民喜、山本健吉、柴田錬三郎、堀田善衛等を知る。

**一九五〇**(昭和25)**年**　27歳

6月　戦後最初の留学生として、フランス船マルセイエーズ号で横浜港を出航。同じ船客に井上洋治がいた。7月　マルセイユ上陸、二カ月間ルーアン滞在。10月　リヨン国立大学のルネ・バディ教授の下でフランス現代カトリック文学を研究。

**一九五一**(昭和26)**年**　28歳

翌年にかけて、「群像」にエッセイ五編寄稿。11月「カトリック・ダイジェスト」に「赤ゲットの佛蘭西旅行」を連載(翌年7月まで)。12月　血痰の出る日が続く。

**一九五二**(昭和27)**年**　29歳

9月　喀血する。10月　パリに移る。12月　ジュルダン病院に入院。

**一九五三**(昭和28)**年**　30歳

1月　帰国の途につく。2月　帰国。7月　エッセイ集『フランスの大学生』(早川書房)刊行。12月　母郁、急死(58歳)。

**一九五四**(昭和29)**年**　31歳

7月　最初の評論集『カトリック作家の問題』(早川書房)刊行。11月　最初の短篇小説「アデンまで」を「三田文学」に発表。

一九五五(昭和30)年　32歳
5、6月「白い人」(「近代文学」)。7月「白い人」により第33回芥川賞を受賞。9月岡田順子と結婚。12月 短篇集『白い人・黄色い人』(講談社)刊行。

一九五六(昭和31)年　33歳
6月 長男誕生、龍之介と命名。12月 最初の長篇『青い小さな葡萄』(新潮社)刊行。

一九五七(昭和32)年　34歳
6月「海と毒薬」(「文学界」)を発表(8、10月と連載)。

一九五八(昭和33)年　35歳
1月 フランスより帰国した井上洋治の訪問を受ける。

一九五九(昭和34)年　36歳
3月 最初のユーモア長篇「おバカさん」を朝日新聞に連載(8月まで)。11月 二度目の渡仏、スペイン、イタリア、ギリシャを巡り、エルサレムを巡礼、翌年1月に帰国。

一九六〇(昭和35)年　37歳
4月 肺結核再発で東大伝染病研究所附属病院に入院。12月 慶應義塾大学病院に転院。

一九六一(昭和36)年　38歳
1月 二度の手術を受ける。9月 再入院。12月 六時間におよぶ手術が成功する。

一九六二(昭和37)年　39歳

5月　自宅療養中の戯れに、「狐狸庵日乗」と題した絵日記を翌年10月まで書く。

**一九六三（昭和38）年**　40歳

1月　復帰後の最初の長篇「わたしが・棄てた・女」を「主婦の友」に連載（12月まで）。
3月　町田市玉川学園に転居し、新居を狐狸庵と命名。　7月　御殿場の神山復生病院を再訪、看護師・井深八重に会う。

**一九六四（昭和39）年**　41歳

4月　初めての長崎の旅で南山手十六番館にある黒い足指の痕のついた踏絵を見る。

**一九六五（昭和40）年**　42歳

1月　「満潮の時刻」を「潮」に連載（12月まで）。　4月　書下ろし長篇小説の取材のため、長崎、島原、平戸を井上洋治らと訪ねる。　10月　短篇集『哀歌』（講談社）刊行。

**一九六六（昭和41）年**　43歳

3月　『沈黙』（新潮社）刊行。　5月　戯曲「黄金の国」（「文芸」）発表。

**一九六七（昭和42）年**　44歳

8月　ポルトガル大使の招待でポルトガルの聖ヴィンセント三百年祭にて記念講演。

**一九六八（昭和43）年**　45歳

1月　翌年1月号まで「三田文学」編集長を務める。　3月　素人劇団「樹座」を結成。

一九六九(昭和44)年　46歳

9月　戯曲『薔薇の館・黄金の国』(新潮社)刊行。

一九七〇(昭和45)年　47歳

10月　大阪万博で基督教館のプロデューサーを務めたことにより、ローマ法王庁からシルベストリ勲章(騎士勲章)を受ける。

一九七一(昭和46)年　48歳

11月　映画「沈黙」(篠田正浩監督)封切り。タイのアユタヤ、インドのベナレスを取材。

一九七二(昭和47)年　49歳

3月　三浦朱門、曽野綾子らと共にローマを訪れ、ローマ法王パウロ六世に謁見。

一九七三(昭和48)年　50歳

6月　長篇『死海のほとり』(新潮社)刊行。10月　評伝『イエスの生涯』(新潮社)刊行。この年、〝ぐうたらシリーズ〟で、狐狸庵ブームが起こる。テレビCMにも出演。

一九七四(昭和49)年　51歳

7月『遠藤周作文庫』(全五一巻、講談社)刊行開始(一九七八年2月まで)。

一九七五(昭和50)年　52歳

2月『遠藤周作文学全集』(全一一巻、新潮社)刊行開始(12月に完結)。

一九七六(昭和51)年　53歳

10月 ジャパン・ソサエティの招待でアメリカに渡り、ニューヨークで講演。12月『沈黙』がポーランドのピエトゥシャック賞を受賞(11月)。授賞式のためワルシャワに行き、アウシュヴィッツの収容所を訪れ、コルベ神父殉教の餓死室を訪ねる。

**一九七七(昭和52)年**　54歳

5月 兄正介、死去(56歳)。

**一九七八(昭和53)年**　55歳

6月『イエスの生涯』(イタリア語版)により国際ダグ・ハマーショルド賞を受賞。9月評伝『キリストの誕生』(新潮社)刊行。

**一九七九(昭和54)年**　56歳

3月 四六年ぶりに大連を訪れる。

**一九八〇(昭和55)年**　57歳

4月『侍』(新潮社)刊行。11月「女の一生」を「朝日新聞」に連載(翌々年2月まで)。

**一九八一(昭和56)年**　58歳

前年より体調がすぐれず、一時入院、その後も自宅治療による闘病生活が続く。

**一九八二(昭和57)年**　59歳

4月「心あたたかな医療」キャンペーンを始め、遠藤ボランティアグループ誕生。前年設立の「日本キリスト教芸術センター」で様々な専門家の話を聞く月曜会を始める。

**一九八三（昭和58）年**　60歳
7月　黒井千次ら友人を集めて、長谷川加代女流棋士を指導役に「宇宙棋院」を設立。
**一九八四（昭和59）年**　61歳
5月　第47回国際ペン東京大会で「文学と宗教――無意識を中心として」と題して講演。
**一九八五（昭和60）年**　62歳
4月　ヨーロッパを旅し、ロンドンのホテル・リッツで偶然にグレアム・グリーンと出会い、語りあう。7月『私の愛した小説』（「宗教と文学の谷間で」改題）（新潮社）刊行。
**一九八六（昭和61）年**　63歳
3月　長篇『スキャンダル』（新潮社）刊行。10月　映画「海と毒薬」（熊井啓監督）封切り。
**一九八七（昭和62）年**　64歳
11月　長崎県外海町《そとめちょう》（現・長崎市西出津町）に「沈黙の碑」が完成、除幕式に出席。
**一九八八（昭和63）年**　65歳
6月　井上洋治神父による安岡章太郎の受洗に際して代父となる。11月　母方の遠祖竹井一族の出身地、岡山県美星町《びせいちょう》の中世夢が原に「血の故郷」の碑が完成、除幕式に出席。
**一九八九（昭和64・平成元）年**　66歳
7月『反逆』（上・下、講談社）刊行。12月　父常久、死去（93歳）。
**一九九〇（平成2）年**　67歳

2月 取材のためインドのベナレスを訪れる。10月 アメリカのキャンピオン賞を受賞。

**一九九一（平成3）年** 68歳

5月 アメリカに渡り、クリーヴランドのジョン・キャロル大学で開かれた遠藤文学研究学会に出席。また、『沈黙』映画化の件でマーティン・スコセッシ監督と会う。

**一九九二（平成4）年** 69歳

9月『深い河《ディープ・リバー》』の初稿を書き上げる。10月 腎臓病のため順天堂大学病院に入院。

**一九九三（平成5）年** 70歳

以後三年半、入退院を繰り返す闘病生活が続く。6月『深い河《ディープ・リバー》』（講談社）刊行。

**一九九四（平成6）年** 71歳

1月 最後の歴史小説「女」（「朝日新聞」）を連載（10月まで）。

**一九九五（平成7）年** 72歳

5月『遠藤周作歴史小説全集』（全七巻、講談社）刊行開始（翌年7月完結）。6月 映画「深い河」（熊井啓監督）封切り。11月 文化勲章を受章。

**一九九六（平成8）年** 73歳

6月 慶應義塾大学病院に腎臓病治療のため入院。9月29日午後6時36分、逝去。10月2日、東京麹町の聖イグナチオ教会で葬儀ミサ・告別式。ミサの司式は井上洋治神父。

（山根道公編）

［編集附記］

一　本書は、『遠藤周作文学全集』第六、七、八、十二、十三巻（新潮社、一九九九年一〇、一一、一二月、二〇〇〇年四、五月）と、「箱」は、『ピアノ協奏曲二十一番』（文藝春秋、一九八七年五月）、「白い風船」は、講談社遠藤周作文庫『哀歌』（一九七六年九月）を底本として、十五作品を収録した。なお、収載作品の内、「学生」「指」は、新潮文庫『母なるもの』（一九七五年八月）所収の作品だが、新潮社のご承諾を得て本書に収録した。

一　漢字語に、適宜、振り仮名を付した。

一　本文中に、今日からすると不適切な表現があるが、原文の歴史性を考慮してそのままとした。

（岩波文庫編集部）

遠藤周作短篇集《えんどうしゅうさくたんぺんしゅう》

2024年6月14日　第1刷発行
2024年8月 6 日　第2刷発行

編　者　山根道公《やまねみちひろ》

発行者　坂本政謙

発行所　株式会社 岩波書店
〒101-8002 東京都千代田区一ツ橋2-5-5
案内 03-5210-4000　営業部 03-5210-4111
文庫編集部 03-5210-4051
https://www.iwanami.co.jp/

印刷・三陽社　カバー・精興社　製本・中永製本

ISBN 978-4-00-312341-6　　Printed in Japan

# 読書子に寄す

——岩波文庫発刊に際して——

岩波茂雄

真理は万人によって求められることを自ら欲し、芸術は万人によって愛されることを自ら望む。かつては民を愚昧ならしめるために学芸が最も狭き堂宇に閉鎖されたことがあった。今や知識と美とを特権階級の独占より奪い返すことはつねに進取的なる民衆の切実なる要求である。岩波文庫はこの要求に応じそれに励まされて生まれた。それは生命ある不朽の書を少数者の書斎と研究室とより解放して街頭にくまなく立たしめ民衆に伍せしめるであろう。近時大量生産予約出版の流行を見る。その広告宣伝の狂態はしばらくおくも、後代にのこすと誇称する全集がその編集に万全の用意をなしたるか。千古の典籍の翻訳企図に敬虔の態度を欠かざりしか。さらに分売を許さず読者を繋縛して数十冊を強うるがごとき、はたしてその揚言する学芸解放のゆえんなりや。吾人は天下の名士の声に和してこれを推挙するに躊躇するものである。このときにあたって、岩波書店は自己の責務のいよいよ重大なるを思い、従来の方針の徹底を期するため、すでに十数年以前より志して来た計画を慎重審議この際断然実行することにした。吾人は範をかのレクラム文庫にとり、古今東西にわたって文芸・哲学・社会科学・自然科学等種類のいかんを問わず、いやしくも万人の必読すべき真に古典的価値ある書をきわめて簡易なる形式において逐次刊行し、あらゆる人間に須要なる生活向上の資料、生活批判の原理を提供せんと欲する。この文庫は予約出版の方法を排したるがゆえに、読者は自己の欲する時に自己の欲する書物を各個に自由に選択することができる。携帯に便にして価格の低きを最主とするがゆえに、外観を顧みざるも内容に至っては厳選最も力を尽くし、従来の岩波出版物の特色をますます発揮せしめようとする。この計画たるや世間の一時の投機的なるものと異なり、永遠の事業として吾人は微力を傾倒し、あらゆる犠牲を忍んで今後永久に継続発展せしめ、もって文庫の使命を遺憾なく果たさしめることを期する。芸術を愛し知識を求むる士の自ら進んでこの挙に参加し、希望と忠言とを寄せられることは吾人の熱望するところである。その性質上経済的には最も困難多きこの事業にあえて当たらんとする吾人の志を諒として、その達成のため世の読書子とのうるわしき共同を期待する。

昭和二年七月